부족은 선물이었다

부족했기에
더 아름다웠음을

부족은 선물이었다

정성교 지음

좋은땅

프롤로그

지금까지 지나 온 시간 누군가 나의 어린 시절에 대해 물어오면, 힘들었다고 말해 왔다. 하지만 산을 오르며 다시 돌아본 나의 유년 시절과 청춘은, 아름다운 것으로 가득했다. 사는 데 급급해 덮어 두고 살았다면 기억하지도, 추억하지 못해 그저 부족에 형편없는 시간으로 기억될 수 있던 소중한 추억을 꺼내 보는 계기를 만들어 준 자연과 산에게 감사를 표한다.

내가 어릴 때, 학창 시절 가장 많이 듣던 말이 바로 '커서 뭐가 될래와 너 뭐가 되려고 그러니'였다. 그때마다 나는 속으로 '뭐든 잘 될 거야, 잘 할 거야, 잘 살 거야.'를 다짐했다. 그래서 그렇게 물어봐 주었던 부모님과 수많은 이들에게 진심으로 고맙고 감사하다. 그렇지 않아도 부족과 결핍에 방황이 깊어지던 나에게 그 질문이 없었다면, 아마도 나는 현실을 회피해 도망치기 바빴을 테고 결과적으로 사회에 적응하지 못해 별 볼일 없는 사람, 답답하고 갑갑한 인생을 살았을 테니까.

이 책을 통해 나에게 부족과 결핍을 선물해 준 부모님께 다시 한 번 감사를 전한다. 부족했기에 투정도, 불평도 많았고 친구, 형들과 어울려 다니며 사건 사고도 많았던 시간에 화를 내셨던 아버지는 뒤끝 없이 안아 주셨고 어머니는 언제나 눈물을 흘리며 안아 주셨다. 그 따스한 사랑과 기다림으로 변화가 시작되었다고 믿는다. 아버지가 살아 계실 때 읽으셨다면 자식을 낳고 키우던 때가 생각나 미소 지으셨을 텐데 이 책을 집필 중에 돌아가셨고, 어머니도 뇌질환으로 책을 보지 못하셔서 많이 아쉽지만, 뒤늦은 후회와 아쉬움을 뒤로하고 그 시절 행복을 소중히 간직해 언제나 두 분을 사랑하고 감사하는 마음으로 살겠다고 다짐한다.

여러분도 이 책을 통해 각박한 사회생활로 의지와 다르게 묻어 두었던 유년 시절과 학창 시절, 부모님의 사랑에 대한 추억과 기억을 꺼내 보는, 그것으로 즐거운 추억에 미소 짓고 아쉬움에 울어도 보는 아름다운 추억여행이 되기를 기원합니다.

차례

1. 인절미와 어묵

금오지 주차장에 도착해 좌우로 틀어진 길을 오른다. 이 길이 맞는가 싶어도 아니면 “다시 내려오지 뭐”라며 확신이 없어도 오르는 건, 그 넘어 비추는 가로등 아래 이정표가 있을 것 같아서다. 새벽 1시, 오르막 끝에 원하던 이정표는 없었지만 멀리서 남자 셋이 걸어오고 있어 그들에게 칼다봉(종주의 첫 봉우리)으로 가는 길을 물었고, 다행히 이곳에 사는 주민인지 상세히 알려 주며 거기서 다른 사람들과 만나기로 약속한 거냐고 물었다. 나는 “아니요, 청소하러 갑니다.”라는 말과 함께 감사합니다, 조심히 들어가세요. 하고 인사하니 일행 중 한 분이 “본인이 조심하셔야겠어요.”라는 말을 남기며 돌아섰다. 그러고 보니 어린 시절 아는 길이란, 내가 사는 동네가 다였고 그곳을 벗어나 다른 곳에 가는 일은 거의 없었다. 그도 그럴 것이 우리 동네를 제외하고는 전부 모르는 길이었으니까. 지금 생각해 보니 이 모른다는 말에는 두려움이 내재되어 있었다. 내가 어릴 때는 개를 풀어놓고 키우는 집이 많아서 그런지 free dog에

물리는 사건도 종종 있었고, 실제로 나를 향해 짖으며 따라오는 나보다 덩치가 큰 개를 피해 줄행랑을 치는 일도 있었으니까. 그땐 "개조심"이란 글자가 적힌 담벼락과 문을 만나는 일이 다반사였기에 더 그랬는지 모른다. 지금은 외딴 시골에서만 볼 수 있는 사라져 간 그 세 글자가 그리워지며 어릴 적 살던 나에 작은 동네가 떠오른다. 물론 이유가 하나 더 있긴 했다. 시골은 몇 리, 몇 리마다 각 동네 형들에 구역이 정해져 있어 잘못하면 불려 가 혼날 수도 있어서다. 아무튼 내비게이션으로 어디든 편하게 다닐 수 있는 지금은 길을 물어보는 일이 사라졌고, 이 때문에 타인과의 대화도 그만큼 줄고, 길을 물은 뒤 "감사합니다."라는 말을 하며 겸손해지고 나를 낮추는 고마운 마음이 드는 시간도 함께 사라졌다. 편리와 편함은 얻었지만, 묻고 답하는 대화에서 전해지는 감사는 전자 기계 속으로 사라져 버린 느낌이랄까. 그래서인지 지금 세상은 그때보다 차갑게 느껴진다. 그땐 알 수 없었지만 모르는 길을 찾고, 묻고, 걸으며 들던 긴장과 설렘이 목적지(결과)보다 과정을 더 아름답게 배웠던 소중한 시간이었음을 이제야 깨달았다.

어느새 들리는 가쁜 숨소리, 산행 초반 생각보다 가파른 오르막에 귀로 들리는 거친 숨소리는 내가 살아 있음을 느끼는, 오히려 나를 편안하게 해 주는 백색소음과 같다. 잠시 걸음을 멈추고 그 소리에 집중하면 주변은 어느새 고요해지고, 가슴 밖으로 뛰쳐나오려 요동치던 심장도 원래 있던 곳으로 돌아가 조용해진다. 하지만 나는 다시 살아 있음을 느끼게 해 주는 백색 멜로디를 듣기 위해 발길을 보챈다. 그 소리를 들어야 원하는 곳에 닿을 수 있다는 걸 아니까. 그렇게 고요를 깨고 나온 숨소리와 심장에서 울린 드럼 소리가 퍼지기 시작한다. 이렇게 돌아가고 돌아오고를 느끼면서 가끔 예전으로 돌아가고 싶다는 말이 떠오른다. 조금 더 나은 선택과 행동으로 원하는 만큼의 행복한 시간을 누리거나, 달성하지 못한 것을 해낼 수 있을 것 같은 생각에서지만 예전으로 돌아가고 싶다는 것은 역설적으로 지금까지 살아 왔던 시간이 그리 나쁘지 않았다는 것이기도 하다. 누구나 예전의 기억이 좋지 못하면 그것을 바꾸고 싶은 마음에 돌아가려 한다고 생각하지만, 실은 다시 겪고 싶지 않기에 그렇지 않고, 지나온 기억이 꽤 괜찮은 사람들이 예전으로 돌아가고 싶다고 한다. 그러니 예전 어느 때로 돌아가고 싶은 생각이 든다면, "내가 살아온 삶이 그리 나쁘지만은 않았구나."라는 것과, 지나 온 시간 절반은 힘들고, 절반은 행복했다고 본다면 행복에 척도가 힘듦보다 높은 것이라고 생각하면 현실의 불만족이 다소 내려가고 상대적으로 현실에 만족을 느낄 수 있다고 믿는다.

현월봉(정상)에서 내려와 다음 봉우리로 향하는데 어느새 슬그머니 찾아온 붉은빛이란 이름에 여명이 검은색 도화지에 자신만의 색으로 그림을 그리기 시작했다. 다빈치와 피카소도 흉내 낼 수 없는 자연만이 가능한 색으로. 조금씩 밝아지며 드러나는 능선에서의 조망은 한마디로 "설렘"이다. 여러 개의 봉우리 뒤로 보이는 도시와 그 중심을 가르는 물줄기, 다시 이어지는 도심과 산등성이 위로 떠오르는 일출은 심장을 뒤흔든다. 그것은 마치 언젠가 내게 들어와 남아 있던 후회와 미련이 씻긴 느낌이랄까.

내려오는 길에 주운 쓰레기 봉지에 ○○떡집이라고 쓰여 있는 걸 보면서 어릴 때 어머니가 절에서 남은 떡을 챙겨 와 해 주시던 인절미 요리가 떠올랐다. 그냥 먹으면 텁텁하고 뻑뻑한 느낌에 맛이 별로이던 떡이지만, 어머니의 손에서 마법처럼 계속 먹고 싶어지는 맛으로 다시 태어났다. 그 요리 이름이 바로 인절미 튀김이다. 프라이팬에 식용유를 듬뿍 두르고 불이 가열되면 앞뒤로 뒤집어 바싹 튀겨진 인절미를 쟁반에 놓고 위에 설탕을 듬뿍 뿌리면 완성됐다. 그런데 이게 두 가지 맛이 있다. 하나는 흰색 설탕이 뿌려진 것이고, 다른 하나는 진한 갈색을 띤 흑설탕이 뿌려진 특별한 인절미다. 말해 뭐 하겠냐, 당연히 흑설탕에 묻힌 인절미 튀김이 몇 배는 더 맛있지만 자주 먹지 못했던 이유는 일반 설탕보다 비싸서였다. 그때 우리 집 냉장고에는 갖가지 떡이 얼려져 있었는데 나와 형은 배가 고픈데 먹을 게 없으면 냉동실에서 꺼낸 떡을 달궈진 프라이팬에 구워 먹었다. 물론 다른 떡은 구워도 특별히 맛은 없었지만, 배를 채울 수 있는 유일한 방법이었으니 설탕이나 고추장에 찍어 먹기도 하면서 여러 가지 조리법을 연구했다. 그러나 어떤 방법을 써도 인절미 튀김과는 비교되지 못했으니, 지금도 인절미를 볼 때면 그때 그 달달하고 쫄깃하게 늘어나던 인절미 튀김에 맛과 향이 입안에서 맴돈다.

인절미의 추억으로 걸으니 이내 날이 밝아지고 등산로 옆으로 잘린 나무들이 보였다. 한번 잘린 나뭇가지는 다시 예전 모습으로 자라지 못하고 잘린 모습 그대로 남는다. 나무가 죽은 것은 아니지만 잘린 가지는 죽은 것이다. 등산객 편의를 위해 자른 것일 텐데 사람으로 보면 팔과 다리다. 얼마나 아플까. 누구에게도 말하지 못하고 스스로 아픔을 견뎌야 했던 시간들과 앞으로 보내야 할 시간까지도. 예전이란 건, 꽤 오래된 지난날을 뜻하는데 오래되었다고 해서 모두 잊히는 것이 아니듯, 오래전에 일어났다고 해서 그저 시간으로 지워지는 것이 아니라 저 나무처럼 누군가에게는 평생 상처로 남기도 한다. 내가 괜찮다고, 별거 아니라고 판단해서 하는 행동과 말이 타인에게는 평생 고통으로 남을 수 있다는 말이다. 나의 자존감이나 자존심을 지키겠다는 날카로운 핑계의 날로 상대의 마음에 상처를 내서는 안 된다. 괜찮겠지, 괜찮을 거야는 내 판단인 것이고, 괜찮고 안 괜찮고는 타인의 마음이니 그것을 예측하려 하지도, 읽으려 하지도, 바꾸려 하지도 말아야 한다. 하지만 다시 자라나지 못하는 나무와 달리 사람에게 받은 상처는 치료가 가능하다고 믿는다. 나무가 아픈 걸 알듯이 호~ 하고 불어 주는 바람이 있듯이, 사람에겐 "사과"라는 잘못과 미안함에 대한 인정과 용서를 비는 강력한 방법이 있다. 대부분 사용법을 잘 몰라서인지 자주 쓰이지 않지만 사과도 즉시 하는 법을 익히면 사과의 불편함에서 해방되어 마음에 평화와 자유를 얻을 수 있다. 이따금 미안했던 일이 떠오르면 즉시 찾아 사과하고, 할 수 없는 상황이면 그저 그의 용서를 바라는 마음을 품는 것이 최선이지만.

산행이 거의 끝날 무렵, 길가로 보이는 강아지풀에 초등학교 때 학교 앞 떡볶이집이 떠올랐다. 후문에 좌우로 2개에 가게가 있었는데 난 항상 왼쪽 아주머니네로 갔다. 길 위에 세워진 리어카에서 어묵은 1개에 50원, 떡볶이는 200원부터 300, 400, 500원까지 다양하게 원하는 만큼 주문이 가능했다. 가끔은 200원 300원을 내고 떡볶이를 먹었지만, 그땐 100원이 귀했다. 집에서 수십 번 '100원만 주세요.'를 외쳐야 받을 수 있던 때니까. 100원밖에 없거나 그나마 100원도 없어 50원뿐이면 먹었던 어묵이지만 먹고 나면 그렇게 든든할 수가 없었다. 물론 그마저도 없어 '내일 갚을게.'라며 친구에게 빌릴 때도 적지 않았다. 떡볶이 친구들이 리어카 중앙을 차지하고 있으면 나는 맨 끝자리로가 플라스틱 용기에 어묵 하나를 올려 두고 국자로 국물을 가득 채워 호호~ 불어 가며 어묵 한입에 국물 한 그릇을 비우고는 다시 담기를 반복했으니 배부를 만도 했다. 거기에 간장 통에 담긴 파를 한껏 골라 어묵에 올려 먹으면 어찌나 맛이 기막히던지. 분명히 많이 짰을 텐데도 맛있다고 생각하니 짠지도 몰랐다. 어른이 되고서 더 이상 떡볶이를 먹지 않게 된 것도 그때 부족에 채워 가던 맛이 아직 입과 코에 남아 상대적으로 맛이 덜해서인지도 모르겠다. 가을이 오려는지 솔솔 불어오는 아침 바람에 하늘하늘 흔들리는 강아지풀을 손에 스치며 그렇게 8시간 동안 길었지만 짧은 여행을 마치고 산이 보내준 "예전"이라는 친구와의 동행을 마쳤다.

2. 운동화와 아이스크림

주차장에 도착해 횡단보도를 건너 등산로 입구인 계단에 첫 발을 디딘다. 가파른 계단에서의 시작은 경사만큼 숨도 차오르게 한다. 일정 시간 산행을 하다가 만나는 계단에서의 호흡과는 전혀 다른 격함이다. 준비 없이 시작된 경사이니 그럴 만하지만 계단을 올라 만난 평이한 능선은 목젖까지 차올라 엉망이던 호흡을 제자리로 돌려놓는다. 꿀맛 같은 휴식이란 게 이런 건가? 가만히 누워 쉬는 게 아니라 움직이며 걷고 있지만 산도 잠든 시간에 바람 한 점 없는 고요함에 느끼는 평온이다. 마치 어릴 때 집에서 TV를 켜면 나오는 뉴스나 드라마에 찌푸린 인상을 뒤로하고 멋대로 채널을 돌리다 찾아낸 만화에 이내 세상 부러울 것 없는 미소로 깔깔대던 것과 같다. 어릴 때 나는 부모님과 형이 없는 집에 혼자 있는 걸 제일 좋아했다. 물론 모든 시간이 그렇지만은 않았다. 고정적으로 정해져 있는 오후 4시 30분, 그 시간이 되어야 내가 즐겨 보는 만화에 광고가 하나둘 시작했으니까. 그것도 짧게는 5분에서 길게는 10분을 광고로 흘려보내야 했는데, 정말 하염없이라는 말이 어울릴 만큼 그 시간은 늘 길게만 느껴졌다. 목이 빠져라 오목한 모니터 우측 상단에 만화 제목이 사라지기만을 기다리던 시간이 아마 능선에서 정상으로 향하는 시간과 같지 않나 싶다. 내가 오르는 곳의 목적지인 정상에 서 있는 순간도 지금 이 시간으로 만들어지니까. 당시 가장 기억에 남는 만화는 학교 운동장과 동네 골목길에서 어김없이 공을 던지는 아이들 속에 들려오던 불꽃~슛! 피구왕 통키와, '슛볼은 나의 친구'의 독수리 슛!을 쏘던 축구왕 슛돌이였다. 만화가 방영되던 당시 전국을 피구와 축구로 운동붐을 일으킨, 만화로 주는 즐거움과 함께 아이들을 뛰놀게 만들었기에 지금도 그 노래와 주인공들이 눈에 선하다. 이외에도 여자아이들이 좋아하던 마법 소녀 리아와 세일러 문은 갖가지 공책과 볼펜에 그려져 문방구에서 화려하게 소녀들을 유혹했다. 만화가 추억되는 그때를 그리다 보니 다시 돌아갈 수 없는 그 시절 4명의 가족은 이제 엄마, 형, 그리고 나 셋만이 남아 아련함이, 리모컨이 아닌 손으로 채널을 돌리던 오목 TV가, 그리고 먼저 떠나신 아버지가 그리워진다. 산에서 만난 능선, 그렇게 나는 고요와 평온에 유년 시절을 가족과 함께 걷고 있다.

중턱에 능선이 끝나고 마주한 오르막, 바닥에 뾰족한 바위와 돌이 밟힘에 눈을 크게 뜨고 좀 더 집중해서 걸어야 하는 게 불편할 수도, 발바닥에 압박감이 느껴질 만도 한데 전혀 그렇지 않고 오히려 걷기 좋다는 생각까지 들었다. 유치원에 다닐 때 집에서 5분 거리에 낮지만 작은 동산이 있었다. 도랑에 물고기를 잡으러 가기도, 맛있는 걸 해 주시겠다던 친구 할머니를 따라 쑥을 캐기도, 친구들과 놀러 가기도, 친구가 책에 꽂아 자랑하던 네잎클로버를 찾으러 가기도 했다. 그땐 뭐가 그리 재밌고 관심이 많은지 반 탐험가 수준의 놀 것 찾기 기술을 발휘하며 지냈는데, 무엇을 하든 언제나 눈을 크게 뜨고 생각보다 즉각적인 행동으로 일관했다. 그래서인지 종일 족대로 물고기를 잡아 지칠 만도, 보이지 않는 네잎클로버를 찾아 몇 시간째 무릎과 허리를 구부린 시간도 힘들다는 생각이나 투덜대는 불평은 없었다. 아이도 어른도 마찬가지로 결국 새로운 목표를 찾아 나설 때 괴롭고 힘들다는 생각은 지워지고 그저 즐기고 몰입하는 시간이 남을 뿐이라는 답을 얻는다.

주능선에 도착해 암릉과 바위 사이로 보이는 유연하고 멋진 소나무에 넋이 팔릴 즘, 바위 끝자락 낭떠러지를 보고 놀라 뒷걸음쳐 내려오니 다른 길이 없어 다시 그곳을 오른다. 놀라서 흐트러진 호흡을 가다듬고 차분하게 찾아보니 낭떠러지 옆으로 길이 보였다. 역시 당황하면 판단이 흐려지는 것은 변하지 않는 진리다. 산행을 처음 시작하던 때는 투덜대고 한숨 쉬며 후회하기 바빴지만, 이젠 "실수와 다시"라는 상황도 삶의 일부라 받아들이고 나니 모든 것이 물 흐르듯 당연해지고 불쑥 찾아오는 문제에도 유연해진다. 그러고 보니 내가 국민학교(지금의 초등학교) 저학년 때 이미 모든 것은 원하는 때 다 하거나, 가질 수 없음에 대한 배움이 있었다. 내 기억에 운동화는 늘 깨끗하고 멋진 상표가 붙어 있는 것을 갖고 싶었지만, 어머니와 시내로 나가는 버스를 20분도 넘게 기다려 30분을 타고 도착한 곳은 운동화 가게가 아닌 생선 비린내와 튀김, 순대 냄새가 코를, 떡볶이와 어묵이 눈을 자극하던 시장이다. 장을 보시는 어머니를 졸졸 따라다니다 이미 한두 번 실패를 맛봤던 흰색 운동화가 가득 깔린 매대 옆에서 어머니를 그윽이 바라보며 그의 입에서 원하는 말이 나오길 기다렸는데, 그 말은 내게 하는 말이 아니다. "어떤 게 좋아요?"라며 운동화 장수 아저씨에게 물으시던 말이다. 그 말이 나와야 비로소 그곳에 좀 더 서 있을 수 있었는데 아저씨가 처음 보여 주는 최신식은 내 것이 아니다. 어머니께서 "다른 건 없어요?"라는 말에 한두 번을 넘어 겨우 원하는 금액에 운동화가 제시되면 가끔, 아주 가끔, 새 운동화를 품에 안고 버스에 올라 또래 아이들에게 자랑하듯 무릎

위에 올려 둔 채 집으로 돌아와 밤새 조심스럽게 아이를 품듯 안고 설렘에 잠들던 기억이 스친다. 1년에 한번, 아니 더 오래였을 수도. 그렇게 운동화는 가끔이라도 새것을 신던 반면, 옷은 그렇지 못했다. 유치원과 초등학교 때 내 옷장엔 옷이 넘쳐났는데 반은 형이 입던 옷이고, 반은 친인척과 동네 아주머니들에게 얻은 거다. 새 옷 한번 골라 보지도, 입어 보지도 못하고 초등학교를 다녔지만 큰 상처는 없었다. 어차피 시골이라 신나게 놀고 나면 새 옷을 입은 친구도 나와 같이 지저분해져서 다를 게 없었으니까. 이렇듯 내 환경은 무언가 원하는 것이 생길 때마다 찾아온 부족에 원하는 것을 다 가질 수 없다는 것을 배우도록 했고, 상황에 대한 만족이라는 이해도 함께 가르쳤다. 갖고 싶고 하고 싶은 것에 대해 내려놓던 견디기 힘든 시간이 쌓여 훗날 성인이 된 내가 원하는 것을 얻기 위해 열심히, 최선을 다해 살게 된 계기가 되었다고 믿는다. 그래서 정말 고맙다, 내 어린 시절 만족 없던 부족이란 결핍에.

정상을 향한 능선에서 아름답고 멋진 소나무들이 나를 반겼다. 그 사이로 아이스크림 쓰레기가 보이는데, 초등학교 때 먹던 아이스크림은 쿨피스라는 주스를 얼려 플라스틱 숟가락으로 긁어 먹는 것으로, 이상하게 원래 아이스크림으로 만들어진 것보다 맛있어서 많은 학생들이 사 먹었는데 이유는 오래 먹을 수 있다는 장점 때문이다. 천천히 긁어 먹으면 한 시간도 더 먹었으니까. 집에서 제일 좋아하던 아이스크림은 아버지가 미군 부대에 보일러 공으로 일하실 때 가끔 사다 주시던 지금의 배라(배스킨라빈스 31)다. 나는 특히 바닐라와 초코 맛을 좋아했는데, 그쪽으로만 숟가락이 공략되다 보면 대각선으로 파여져 아버지에게 혼나기도 했다. 아버지가 쓰러지신 뒤로 더 이상 배라를 먹지 못했지만, 나름 대체할 것을 찾았는데 바로 투게더와 엑설런트다. 투게더는 마찬가지로 숟가락으로 떠서 먹는 거였고, 엑설런트는 네모반듯하게 낱개로 포장되어 하나씩 꺼내 먹었는데, 파란색은 바닐라 맛으로 깔끔했고, 노란색은 프렌치 바닐라 맛이라 향이 짙어 좀 더 고급스러웠다. 각각 8개씩 들어 있는데 한입에 먹기 아까워 아껴 먹다 보면 반드시 손과 입을 씻어야 했다. 지금은 매장이 많아 어디서든 배달로 만날 수 있는, 그것도 수많은 맛을 원하는 대로 골라 먹을 수 있게 된 배라는, 가끔 먹게 돼도 아버지가 정해 주신 그대로 먹어야만 했던 맛보다 덜한 느낌이다. 원한다고 먹을 수 있던 것도, 원하는 맛을 골라 먹을 수도 없었지만 퇴근하시던 아버지의 한 손에 들려 있는 아이스크림을 상상하던 날들이 지나 어느 날 문득 받은 선물과도 같았기에.

아이스크림의 추억을 뒤로하고 암릉과 바위틈으로 유연하게 자란 소나무를 지나치며 이따금씩 욱하고 차오르는 모자란 성격에 대한 유연함을 되뇌며 정상에 도착했다. 정상에서 눈부시게 빛나는 금산의 야경을 바라보며 불어오는 바람에 내게 남아 있는 경직된 행동과 투박한 말들을 떠나보낸다. 유연하다는 것은 어쩌면 나를 가장 아름다운 상대로 보이게 만드는 시간이라는 것을 가슴에 새기며 그렇게 나는 돌아보면 고맙기만 했던 유년 시절에 부족과 결핍이란 친구들과의 동행을 마치고 유연함이란 친구와 함께 산에서 내려왔다.

3. 밤 아저씨와 관장님

청평사 주차장에 도착, 작은 교량 아래로 흐르는 힘찬 물소리가 나를 반긴다. 초반은 완만한 능선 길이었지만 계단이 나오고부터 본격적인 오르막이다. 흙이 헤져 등산로로 거칠게 나와 있는 뿌리를 보고 고개를 들어 보니 가지에 반은 잎을 피웠고, 반은 죽어 있는 것을 보며 같은 환경에서도 동일한 삶을 영위할 수 없음을 깨닫는다. 영양 결핍으로 가지마다 생과 사가 달라지듯, 우리 삶도 이와 같다. 자수성가는 남의 도움이나 부모의 도움 없이 홀로 성공한다는 말인데 요즘은 그런 사람을 찾기가 쉽지 않다. 이는 전과 다르게 환경이 더 각박해졌고 그것은 몸과 마음에 노력으로 간극을 줄일 정도에 차이가 아닌, 금전이 동반된 경제적 지원의 격차가 되어 버렸기 때문이다. 어릴 때 나는 학업에 관심에 없어서였는지 '학원'이라고 쓰인 간판을 보는 일이 흔치 않았다. 잘 보이지 않으니 그곳을 다녀야 하는 것이 중요하다고 생각하지 않았고, 다니지 못하는 것에 대한 부족이나 원망 또한 없었다. 그래서인지 그저 즐겁고 신나게 놀면서 하루를 보내는 게 전부였는데, 아마도 그러한 자유로움이 나를 사회에서 활동적이고, 개방적으로 대인관계를 유쾌하게 하는 사람이 되도록 만들어 준 것이 아닐까 생각한다. 분명 경제적으로 불편하고 부족하다는 것을 알았음에도 그것이 내게 큰 영향을 끼치지 못했음은 그 시절에만 즐기고 느낄 수 있는 것에 눈치 보지 않던 시간이, 성인이 된 나에게 더 좋은 영향으로 남아서라고 본다. 그래서 아이들은 그 나이에 해야 할 것을 하도록 해 주고 이해하는 게 자존감을 높여 주고 좋은 상상력을 만들어 주는 방법이라고 생각한다. 학원이 즐비하고 같은 시간에 다른 금액의 수강료를 지불하는 경제력이 기초, 기반이 된 현대 사회에서 우린 아이들만이 느끼고 누릴 수 있는 상상력으로 즐겨야 할 시간을 어른의 이성적 사고방식과 판단으로 빼앗아 압박과 강요로 채우고 있는 것은 아닌지 의문스럽다. 어린 시절 공부만 하던 친구들은 지금 어떻게 살고 있을까. 궁금해지는 그들의 얼굴이 하나, 둘 떠오른다. 공부를 잘하던 아이들과 친하지 않았지만, 그래도 잘 지냈으면.

오늘은 걷는 내내 내 눈동자는 좌우, 위아래로 쉴 틈이 없다. 여느 산과 다르게 바닥에 빛나는 작은 돌?이 마치 내가 찾아 나선 보석(쓰레기)처럼 반짝였으니까. 더 오르다 보니 시작할 때

봤던 것과 비슷하게 발길이 닿지 않는 깊은 숲속에 큰 소나무가 반은 죽고, 반은 살아 있다. 고개를 숙여 뿌리를 찾아보니 흙에 고스란히 묻혀 있어 아까 뿌리가 돌출되어 반이 죽어 있던 나무가 떠올랐다. 분명 숲속의 나무도 흙 위로 드러난 뿌리만큼 죽었을 거라 생각했는데, 외적 통증과 내적 통증 중에 어떤 것이 더 아픈지를 보이는 것으로 판단해서는 안 된다는 것을 배운다. 흙길에 구멍이 크게 나 있는데 아마도 두더지나 너구리가 땅을 파고 들어가 잠을 자고 나온 곳 같아 보인다. 초등학교 때, 부모님의 주머니와 장롱에 이불을 뒤져 슬쩍 돈을 빼오던 어느 날, 제대로 걸린 나는 아버지에게 신나게 맞고 집에서 쫓겨났다. 갈 곳이 없던 나는 동네 형들이 아지트로 사용하던 아파트로 향했다. 미군들이 사는 아파트였는데 그중 한 개의 동 아래가 흙이 다 소실돼 구멍이 나 있었고, 그곳으로 기어 들어가면 사각기둥 몇 개와 중간중간 철근이 튀어나와 있었지만 생각보다 넓은 공간이 있었다. 그때가 10월 중순쯤이던 걸로 기억하는데 저녁 5시쯤 쫓겨났으니 밥도 먹지 못해 배가 고픈 데다가, 집에서 편하게 입고 있다 나와 춥기도 해서 이러다 죽을 수도 있겠구나 하며 하염없이 울고만 있었다. 그렇게 울던 시간이 얼마나 지났을까, 어디선가 희미한 소리가 계속해서 울려 퍼지고 있었고 그게 내 이름이라는 건 아버지와 어머니가 아파트 쪽에 가까워질 즈음이었다. 그렇게 캄캄한 아파트 지하?에서 나와 아버지에게 다가가 다시는 도둑질을 하지 않겠다고 빌고 집으로 가 늦은 저녁을 먹는데, 집밥이 이렇게 맛있었던가. 우걱우걱 밥과 국을 말아 먹고서 따뜻하게 데워진 안방에서 자면 좋겠지만, 흰 종이에 반성문을 빼곡히 쓰고 나서야 잠들 수 있었다. 잘못된 행동을 하면 안 되지만, 했을 때 이렇게 크게 각인시키면 두 번 다시는 반복된 행동을 보일 수 없다는 것을, 하지 말아야 하는 일을 하면 어떻게 되는지를 정확하게 배웠던 시간이라 지하에서 눈물 콧물 다 빼며 생명을 위협받은 시간이었지만 그 시간조차 소중했다고 말하고 싶다. 그리고 당시에도 낡았던 그 아파트는 내가 군대를 다녀왔을 때 이미 허물고 없어졌으니 떠오른 추억이 더 아련하다. 하나 더, 초등 저학년 때 그곳에서 친구들과 부르던 '헬로 헬로 쪼코레트기브미~' 노래에 베란다로 나온 미군이 던져 주던 초콜릿까지도. 미군 이야기가 나오니 떠오른 친구가 있는데 '글로리아'다. 그녀는 내가 초등학교 3학년 때 우리 학교로 전학을 왔는데(아마도 미국에서 온 듯하다.) 키가 또래에 비해 두 배는 컸고, 4, 5, 6학년을 합쳐도 제일 컸다. 검은색 피부와 분홍색 입술, 하얀 치아와 묶은 머리에 그녀는 대단한 여장부였다. 학교 곳곳에서 누군가 싸우거나 괴롭히는 모습을 보면 여자든 남자든 일단 그녀에게 쥐어 터졌다. 물론 나는 옆 동네에 살아 친해서 싸우지 않았지만, 만약에 싸웠어도 무조건 졌을 테다. 초등학교 6학년이 되던 해, 미국으로 다시 돌아간 그녀는 잘 살고 있을까? 부디 그러길 바란다.

동네에 미군부대가 있어 그와 관련된 추억으로 걷던 흙길을 지나 급경사에 암릉과 마주하지만, 그곳을 오를 때는 경사에 숨이 많이 차도 힘든 걸 느끼지 못한다. 일반적인 흙길을 걷는 것보다 위험하기도, 힘들기도 할 텐데. 힘들지만 색다른 즐거움? 오히려 일반 길보다 편하다는 느낌까지 든다. 그러나 다시 흙길에 접어드니 역시 편안함은 지금이 더 낫다는 것을 느끼며 주어진 상황보다 나에 반응이 더 중요하다는 것을 깨닫는다. 그렇게 숲길을 지나 만난 두 번째 암릉에 로프 구간, 이때 깨달은 것이 손으로 로프를 집고 기대어 오르기에 상대적 편안함과 안정감으로 현재의 힘듦이 완충되고 그저 안정감을 넘어 손으로 당기면서 올라 하체에 부담을 나누었기 때문인 걸 알았다. 여기에 더해 양쪽으로 보이는 낭떠러지는, 차오른 숨보다 위험이란 의식을 일으켜 상대적으로 힘듦을 잊게 했다. 어릴 때 친구가 밤을 따러 가자고 해서 집 근처 밤나무 숲에 간 적이 있다. 그땐 그게 서리(농작물 도둑질)인 줄 몰랐지만, 내 키의 두 배도 넘는 나무로 밤을 따기 시작한 지 얼마 되지 않아 우리를 향해 부리나케 달려오며 '야, 이놈들아!'라는 소리를 듣고서야 뭔가 잘못됐다는 걸 눈치챘다. 이상한 기분은 내 다리를 스스로 움직이게 했고 그렇게 나는 뛰기 시작했지만 어느새 내 멱살은 밤 아저씨 손에 붙들려 있었다. 아저씨는 내 멱살을 잡은 채 곧장 우리 집으로 향했다. 부모님께서 잘못했다고 한 번만 봐 달라고 사정하며 고개를 조아리자, 아저씨는 신고하지 않을 테니 나를 다음 날 아침, 7시까지 밤나무 아래로 보내라 하셨고 그렇게 벌금? 신고? 없이 나는 심부름, 청소 등에 벌을 받으러 갔다. 초등 2학년 때 일이니 나무와 밤을 나르고, 청소하는 일이 보통 힘든 게 아니었을 텐데도 힘든지 몰랐던 이유는, 아침에 나와 친구를 세워 두고 '열심히 하지 않으면 경찰을 부를 테다.'라는 말 때문이었다. 지금 하는 것이 제대로 안 될 경우에 겪고 있거나 겪었던 것 이상의 더 무섭고 두려운 큰 불안이 존재했기에 상대적으로 힘들고 어렵다는 생각이 지워진 거다. 어쩌면 그런 성장 과정이 지금에 나를 만드는 데 도움이 되지 않았을까 생각한다. 지금도 나는 밤 아저씨의 가르침을 몸에 익혀 습관처럼 반복, 지속하고 있었던 것 같다. 내가 마땅히 해야 할 것을 하지 않았을 경우, 하지 말아야 할 것을 할 경우, 쌓아 왔던 모든 것이 순식간에 무너져 사라지거나, 여유로운 삶을 살 수 없다는 압박을 스스로에게 내걸면서 하루를 보내고 있으니까.

종종 보이는 옆으로 누워 자란 멋진 나무는, 남들과 다르다고 그것이 삐딱한 것은 아니라는 말에 개성을 떠오르게 했다. 개성은 성인이 되어 만들어지는 것이 아니라, 어린 시절에 성향으로 만들어진다. 아이들이 남다른 행동과 생각을 갖는 것은 세상을 알아 가고 배워 가는 '궁금증'으로 당연한 것이지 나쁜 것이 아닌데도, 아이의 특별한 모습을 마치 나쁘거나 잘못된 것처럼 보고 제제하거나, 즉시 아이의 생각이 틀리다고 하는 것은 결코 올바른 행동이 아니다. 이유는, 개성은 모두에게 만들어지지 않기 때문이다. 자존감이 높아야 개성을 갖게 되고, 그렇게 만들어진 개성은 사회에서 더 좋은 사람과의 관계를 선물하기도, 자신이 속한 회사나 일에서 남다른 센스로 좋은 성과를 만들어 낼 수 있게도 해 준다. 자존감은 어릴 때 만들어지는데 부모가 아이의 남다름을 이해의 눈으로 봐 줄 수 있어야 한다. 지금도 그것이 있는지는 모르지만 나는 초등학교 저학년 때부터 머리에 무스를 바르고 다녔다. 앞머리를 뒤까지 넘기는 ALL-BACK을 했던 때도, 반곱슬이 싫어 머리를 펴는 매직을 해 보기도, 이렇게 넘기고, 저렇게 넘기고를 반복했다. 멋을 내려 안달이 난 아이처럼 옷을 접어 입고, 일부러 크고 작은 옷을 입기도 했지만 단 한 번도 부모님께서 혼내거나 제재하신 적이 없기에 나는 온전히 나만의 자존감에 개성이란 옷을 입기 시작했고, 성인이 된 지금까지도 남들과는 조금 다른 헤어스타일과 생각을 하며 살지만, 부족하지 않은 열정과 센스로 열심히 일하고, 사회적 관계도 잘 유지하고 있다고 생각한다. 이처럼 아이의 특별한 생각과 행동이 성인이 되어 미치는 영향이 크다는 것을 깨달으며 그 시절에 어울리지 않던 나의 모습이 걱정도 되셨을 텐데 이해의 눈으로 바라봐 주셨던 부모님께 감사하며 그때 모습을 떠올려 본다.

번개를 맞은 건지 큰 나무가 부러져 등산로를 막고 있어 조심스럽게 그 위를 넘어간다. 어릴 때 우리 집 문의 담벼락은 내 키의 약 1.5배 정도 됐는데 열쇠를 두어 번 잃어버리고 나서는 구멍이 세 개였던 벽돌이 쌓인 담장에 두고 다녔다. 그러나 문을 열고서 다시 놓는 걸 잊으면 담을 넘어가야 했는데, 어릴 때부터 자주 담을 넘어서 그런지 운동에 소질이 있어 달리기와 축구는 물론 철봉이나 공을 가지고 노는 것도 또래 아이들보다 잘했다. 담을 넘으면 집에서 키우던 강아지가 꼬리치며 반겼는데 당시에는 강아지를 데리고 산책하는 일이 괜스레 위험하다고 생각했고, 실제로 강아지를 데리고 산책하는 걸 본 적도 없기에 당연하듯 집에서만 키웠는데 이따금 목줄을 풀어 주면 어찌나 신나하던지 꼬리를 흔들며 빛의 속도로 마당 전체를 수십 바퀴 돌며 아주 난리도 아니었다. 강아지 밥과 물은 내 담당이어서 그런지 늘 해맑게 나를 맞아 주던 강아지가 예쁘기도, 친구 같기도 하던 시절이 떠오른다.

세 번째 암릉 구간에 로프를 잡고 오르다 바위에 무릎을 부딪쳤다. 손으로 무엇을 잡았다는 안정적인 생각과 몇 번의 암릉을 올랐던 과정에서의 경험이 부른 실수다. 문득, 초등 시절 철봉에서 오른쪽 팔이 부러져 입원해 수술을 했던 기억이 떠올랐다. 이름은 기억나지 않지만 철봉 근처에는 여러 놀이 기구가 있었는데 언제나 친구들과 방과 전후에 모여 놀던 아지트였기에 그곳에서 많은 시간을 보냈다. 한 번에 닿을 수 없어 서로 다리를 들어 주어야만 매달릴 수 있던 철봉은 여러 가지 놀이가 가능했는데, 몸을 비틀고 장난치다 떨어져 병원 신세를 져야 했다. 같은 공간에서 느끼는 즐거움이 불러온 경험적 편안함에 의한 위험이다. 안전과 경험은 다르다. 안전은 편안함이 유지되는 것을 느낄 때의 마음이고, 경험은 지금까지 해 왔던 행동에 의해 드는 생각이다. 경험이 불러온 불안전함은 그저 해 봤다는, 해 왔다는 것이 중요하지 않고 매번 동일하게 이어지는 상황에서도 집중이 수반되어야 안전도 동반된다는 것을 깨닫게 했다.

바위와 암릉이 뒤섞인 능선에 잘못 디딘 발이 삐끗하며 통증이 있지만 걷기 힘든 정도는 아니다. 등산을 시작했던 초반에는 발목을 삐거나 부딪쳐 다치기 일쑤였는데 그때는 투덜거리며 짜증 내기 바빴다. 나는 약 2년간 매주 2개에서 많게는 10개의 산을 쉬지 않고 올랐다. 그 시기에 감기, 코로나로 컨디션이 좋지 않던 때도, 발목을 삐었을 때도, 심하게는 허리뼈가 골절된 것도 모른 채 그 통증을 참고 5개의 산을 오르고 나서야 비로소 골절인 걸 알았던 적도 있다. 물론 그때도 한 주만 쉬었을 뿐이지만. 지금까지 매주 산행을 포기하지 않았던 이유는 이 시간이 유일하게 자연과 산이 나를 받아 주고 이해해 주는 시간이기 때문이다. 이처럼 지나 온 시간이 때론 힘들고 어렵기도 했지만, 자신을 압박하고 억지처럼 보이던 계속되던 산행은 역설적으로 내가 삶에서 부리던 억지와 억압을 차단하는 나로 만들어 주었다. 초등학교 때 내가 살던 곳은 시골, 다시 말해 촌 동네였는데 여유가 없는 집이 많아서인지 나처럼? 예민하고 모난 성격에 형들이 많았다. 언제나 집으로 돌아가는 길에 할머니가 운영하시던 3평 남짓에 작은 슈퍼?가 있었는데 형들은 그 앞에 있는 평상에서 각자의 포즈로 자리 잡고 있었고, 앞을 지나가는 사람들을 뚫어지게 쳐다보거나 만만?한 아이들을 이리 와 보라고 부르길 쉬지 않았다. 이름이 호명되거나 "야"로 통일된 소리가 들리면, 네!라는 대답과 함께 일단 뛰어야 했는데, 왠지는 몰라도 다른 아이들과 다르게 내겐 잘해 줬다. 이유를 생각해 보니 부족함에 차오르던 모난 성격이 투박하게 드러난 얼굴 덕인 것 같다. 어쨌든 나는 그런 형들이 좋아서 따르기 시작했다. 이유 없이 잘해 줬으니까. 그래서 늦게까지 형들을 쫓아다니고 때론 다른 아이들과 싸우기도 했는데, 그날 저녁이면 어김없이 아버지와 어머니가 상대 아이 부모님을 찾아가 한 번만 봐 달라고 하시며 빌기도, 얼마를 주셨는지 모르지만 돈을 건네기도 하셨다. 안 그래도 없는 형편에 합의금이라니. 아무튼 몇 번의 사고?가 반복적으로 일어나던 어느 날, 아버지는 내게 태권도를 다니라고 하시면서 자신과 친한 관장님이라며 나를 데려가 친히 소개, 등록해 주셨다. 그렇게 아버지와 친?하다는 관장님은 친하게가 아니라, 불편하게 무서웠고, 나를 가르치실 땐 더 과?하게 혼내셨는데 그 이유를 이제는 알 것 같다. 아무래도 아버지께서는 내 "정신 수양"을 강력히 부탁하셨지 않나 싶다. 당시엔 두 분이 친하다는 말이 잘 가르쳐 주고, 잘 대해 줄 거란 말로 받아들였는데 그 반대였으니 도장으로 가는 길이 늘 불편하고 싫었다. 그러나 다니기 싫다고 다니지 말라고 하실 아버지가 아닌 걸 이미 알고 있었으니 그 불편한 시간은 계속됐다. 하지만 그곳을 찾는 시간이 길어지면서 열심히 운동하는 나로 바뀌었고, 실력도 나날이 발전했다. 지금에 태권도장 시스템은 잘 모르겠지만, 당시에는 운동하는 시간 반, 양반다리를 하고 앉아 허리를 곧게 펴고 눈을 감고 뭔가를 외우던, 말 그대로 정신교육으로 보낸 시간이 반이어서 그랬던 것 같다. 이렇게 자신의 부족을 채우거나 과도함을 억제하려면 강제적이고 억지적인 시간도 필요하다는 생각과, 억압과 억지가 무조건 나쁜 것만은 아니라는 것을 어릴 때부터 배워 왔음을 깨닫는다.

다시 오르내림이 반복되는 등산로에 어릴 때 부엌에서 가스불을 켜고 끄고를 반복하던 기억이 떠올랐다. 소뼈를 하얗게 우려낸 국물은 한두 번 먹는 게 아니라 대략 한 달은 먹었던 것 같다. 한참을 끓여 노랗게 우러나면 절반을 덜어 냉동실에 보관하셨고, 나머지 절반은 다시 물을 넣고 한참을 끓인 뒤에야 먹을 수 있었다. 일을 보러 나가실 때면 언제나 불을 켜 두시고는 삼십 분, 한 시간 있다가 끄라고 하셨는데 그게 되나, 만화에 빠져 있던 방학에 뭔가 타는 냄새가 나면 그때 달려가 불을 꺼서 혼나기도 했다. 그렇게 며칠을 쉬지 않고 끓여 먹던 냄비 바닥에 국자 닿는 소리가 커지면 냉동고에 빼놓으셨던 절반을 꺼내 물을 넣고 끓이시면 열흘간에 사골 2차전이 펼쳐진다. 몸에 좋으니 계속 먹으면 좋다고 하셨지만, 하루 이틀이 아니라 질려 갔기에 국물 위로 뿌려지는 후춧가루를 점차 늘려 느끼함을 차단해야 했다. 오래 먹던 음식이 하나 더 있는데, 미역국이다. 그나마 소고기를 조금 넣으면 맛이 좋지만, 그마저 없으면 오리지널 미역국을 열흘이나 먹어야 했는데, 안 먹으면 또 안 먹는다고 아버지에게 혼나서 억지로 먹는 고통을 참아야 했다. 그렇게 장기간 반복해서 우려먹던 음식을 회상하며 이어지는 봉우리를 오르내렸다.

오랜만에 잠시 앉아 등산로 옆으로 뻗은 소나무에 등을 기대고 고개를 들어 별을 바라보는데 꿈쩍도 하지 않을 나무라 생각했던 소나무 가지가 마치 바람이 불듯 흔들리고 있었다. 어릴 때 사고를 쳐서 부모님을 속상하게 할 때면, 아버지는 노하셨지만 어머니는 늘 사고뭉치였던 나를 안아 주시고 토닥여 주셨다. 그런 어머니의 마음 또한 아버지만큼 놀라고 화나셨을 텐데 단 한 번도 나를 혼내신 적이 없었다. 물론 아버지가 그만큼의 화를 내신 것은 맞지만 그래도 늘 같으셨다. 아마 아들을 걱정하시던 어머니의 마음이 저 흔들리는 가지 끝에 걸린 나뭇잎과 같이 매 순간 흔들림에 조마조마하셨을 테다. 흔들리는 가지에 그 시절 어머니 눈빛이 떠올라 아픈 마음에 흐르는 눈물을 훔치며 일어섰다.

주능선에 오르자 암릉 끝에 매달리듯 자리 잡고 마치 쌍둥이처럼 자란 두 그루에 소나무를 본다. 한데 하나는 살아 있고 하나는 죽어 있다. 그것을 보며 연민을 느낀다. 저 고목도 한때 옆에서 멋지게 솔잎을 피워 낸 나무처럼 아름다웠을 텐데. 죽었음에도 그 자리, 그 모습 그대로 떠나지 못하는 모습은 부모의 마음과 닮아 있다. 부모님 옛날 사진을 사무실에 두고 자주 본다. 갸름한 턱선에 부리부리한 눈, 왼손은 어머니의 어깨를 감싸 안고 카메라를 바라보는 아버지와, 계란형 얼굴에 앳된 모습으로 아버지의 어깨에 수줍게 안겨 있는 어머니. 몸이 아프시기 전까지 아버지는 어머니의 사진을 찍어 주는 걸 좋아하셨다. 어릴 때 집에 차는 없지만 125cc 은색 오토바이 한 대가 있었다. 그 오토바이로 어머니와 형 나를 태우고 사진을 찍으러 여기저기 다니던 때가 생각난다. 오토바이 얘기가 나와서 생각난 건데 아버지는 거제도에서 고아로 발견되셔서 가족이나 형제가 없었고, 경기도 화성에 외가댁 할아버지 할머니가 산속에 살고 계셔서 명절이나 중요한 일이 있으면 우리 가족은 오토바이를 타고 그곳으로 향했다. 오토바이로 제일 힘들던 기억은 한겨울에 제일 작은 내가 운전하는 아버지 앞 기름통에 앉고 뒤로는 어머니 그리고 형 이렇게 넷이 한 대로 이동했다. 추운 날이나 한겨울에 가야 할 때면 나는 맞바람을 맞으며 1시간을 가야 했는데 이게 바람도 바람이지만, 기름통에 앉아서 가려니 딱딱한 건 둘째 쳐도 가솔린 통이라 더 차가워져서 아래가 얼어붙는 느낌에 고통을 참아야 했다. 도착해 오토바이에서 내리면 일단정지다. 다리와 온몸이 얼어붙어 이미 겨울 왕국에 얼음조각처럼 걸을 수 없는 상태에 손으로 허벅지를 몇 분은 비비고 나서야 발을 움직일 수 있었다. 그래도 그렇게 도착한 외가댁에서 맛있는 음식을 먹고 용돈도 받고 집으로 돌아올 때면 싸 주셨던 음식도 며칠은 맛있게 먹을 수 있고, 오락실도 갈 수 있어서 행복하기만 했던 은색 오토바이의 추억, 거기 탄 4명의 가족이 서로 추워 죽겠다고 소리치며 달리던 모습이 떠올라 잠시 그 추억에 웃었다. 그렇게 멋지고 예쁘던 젊은 시절을 본인은 죽어 감에도 자식이 예쁘게 자라는 모습을 보는 것만으로도 행복해하시는, 평생을 자식 걱정으로 쓰라린 마음을 달래며 흔들리셨을 부모님도 언젠가 저 고목과 같이 떠나실 텐데 살아생전에 그 마음을 조금이라도 위하고 안아 드려야겠다는 마음을 새기고 이미 떠난 아버지 얼굴을 떠올리며 하늘에 말했다, 어머니에게 좀 더 잘하겠다는 약속을.

정상 부근에 다다랐을 때 이미 비가 내리기 시작해 아무것도 보이지 않았지만, 이 또한 자연과 산이 채워 주었던 가르침을 소화시킬 수 있을 만큼의 배움만 주는 것이라 믿는다. 하산하면서 1시간 동안 알바(산에서 길을 잃었을 경우 사용되는 용어)를 해야 했지만 지우려 해도 떠오르던 유년 시절 어머니와 아버지가 나를 바라보시던 눈과, 마음이 생각나 힘든 줄 모르고 그저 그들과 함께 걸었다.

4. 세상에서 가장 큰 학원

주차하고 약 10분 정도 올라 정상을 향하는 이정표(좌 760m, 우 560m)를 본다. 코스가 다르면 걸리는 시간도 다르고 난이도에도 차이가 있다. 이것은 마치 삶에서 '함께'라는 관계 뒤에 느끼는 한쪽으로 기운 내적 통증을 연상시킨다. 예를 들어 회사에서 함께 일하던 동료 A는 긴 코스, B는 짧은 코스로 올라 정상에서 마주했다고 해 보자. 이때 대화하는 시간과 쉬는 시간이 같다면, 짧은 코스를 택한 B는 제시간에 내려와 산악회 버스를 탈 수 있는 반면, 긴 코스를 택한 A는 버스를 놓치거나, 서두르다 다칠 수도 있다. 이게 바로 우리가 사회에서 누군가와 같은 시간을 쓰면서 마치 같음과 동일함으로 착각해 시간이 지나면서 한쪽만 상처 받게 되는, 현재와 지금을 구별하지 못해 비롯되는 후회와 후퇴다. 현재는 지금까지 그리고 앞으로 겪어야 할 현상인 반면에 지금은 그저 순간일 뿐이다. 다시 말해 각자 사는 환경이나 재산, 경제적 여유, 위치에 따라 시간을 다르게 써야 하는데도 대부분의 사람들은 당장 친분을 도모하는 시간에 자신의 상태를 직시하지 못하고 있다가 서서히 드러나는 나의 현재와 타인의 현재를 비교하게 되고 지나 온 시간을 후회하며 세상을 폄하하기에 이른다. 세상에 다 같은 사람 없고, 같은 환경 또한 없기에 친하다는 이유로 내가 만들어 가야 할 시간을 누군가와 동일하게 쓰지 말아야 한다. 인정하기 싫지만, 내가 엄청난 노력의 시간으로 가져야 할 것을 누군가는 쉽게 갖기도 하는 게 삶이고 사회니까. 어릴 적에 선생님들이 하라는 대로 했다면 모두 행복해졌을까? 나는 아니라고 본다. 아이들 각자의 집중력이 다르고 받아들임도 다른데, 그 이유는 각자의 집안 환경과 경제적인 면이 다르기 때문이다. 그런데 이 집안 환경은 대부분 경제력에 따라 만들어지고, 이 요건에 따라 아이들에 심리상태, 불안감, 집중력이 달라진다. 즉, 지원이 풍요한 만큼 여유가 생기고 여유는 압박이나 강요를 차단한다. 풍요는 아이 스스로 자유로운 학업이라 생각하게 하고 당연하게 받아들이게 해 집중도를 높이는 반면, 빈곤은 아이에게 억지적인 교육, 불편이라는 생각을 하게 해 집중력을 낮춘다. 일괄적 교육은 일방적인 것과 같다. 그러나 경제력이 낮아도 학업이나 사회에서 두각을 나타내는 아이도 있다. 이는 학교에서의 교육보다 집에서 부모가 아이를 대하는 태도가 더 중요함을 방증한다. 경제력이 부족해도 집에서의 시간이 따뜻하고 온

화하면 아이는 가정에 행복을 최선에 두고 받은 사랑을 스스로 노력으로 보답하려는 집중력을 갖게 된다. 이런 가정교육(부모의 사랑)은 요즘처럼 경제력이 교육에 기초가 되는 각박한 사교육 시장에서 더 중요하다. 내가 어릴 때는 학원 간판이 많이 보이지 않았는데 그래서인지 성적 차이로 스트레스 받거나 그 차이를 심각하게 받아들여 상처받지 않았다. 하지만 지금은 학교 근처와 아파트 주변 곳곳에 학원이 즐비해 있고 심지어 같은 학년, 같은 수업에 지불되는 비용마저 다르다. 아이들 스스로 어떤 학원에 다니는지로 경제력을 판단하기에 이를 만큼 각박해진 시대에 가정에서 부모의 사랑과 온화한 환경이 아이들에게 더 절실해지는 이유다.

처음이자 마지막 계단을 올라 사방이 탁 트인 정상을 밟았다. 어느새 불어온 가을바람에 흐른 땀이 식고, 화려하게 빛나는 이천에 야경을 바라보는 기분은 말로 표현이 안 된다. 돼지굴로 내려가는 길에 만난 나무 계단, 오를 때 계단이 하나였기에 같을 거라 생각했던 것과 달리 계단은 계속해서 반복됐다. 이처럼 삶의 방향과 방법은 여러 가지인데도 내가 해 봤던 것만 생각해 타인의 길에 대해 마치 다 알고 이해하는 것처럼 잘못된 대화를 할 때가 있다. 어릴 땐 내가 아는 게 전부 맞다 생각해 서로 우기고 다투기 일쑤였는데 성인이 되어서도 내 의견만 고집하고, 내가 보고 들은 게 확실하다고 주장하는 건 초등학생 때 생떼를 쓰던 것과 같다. 모든 길을 가 볼 수 없듯, 타인이 걸어온 길과 가야 할 길에 대해 내 생각으로 판단해서 상처를 주는 일은 그만두기로 다짐한다. 그런데 이게 무슨 일인가? 굴이라고 생각했던 돼지굴은 굴이 아니고 암릉? 느낌에 사방이 탁 트인 절벽 위에 자리한 평평한 곳이었다. 나중에 알아보니 암장이라고 하는데, 땅속 깊은 곳에서 암석이 지열로 녹아 반액체로 된 물질이고, 이것이 식어서 굳어져 생긴 것이 화성암이고, 지상으로 분출하여 형성된 것이 화산이라고 한다. 어쨌든, 굴속을 탐험하게 될 거란 기대는 혼자만의 웃음과 함께 사라졌지만, 바닥을 만져 보니 표면이 상당히 부드럽고 처음 느껴 보는 감촉이 신비롭고 즐거웠다. 이처럼 기대가 부른 상상은 언제나 즐거움으로 다가오는데 소풍 가던 기분이 이랬을까? 유치원이었는지, 초등학교였는지 정확히 기억나지 않지만, 소풍으로 갔던 자연농원(현 에버랜드)에서 상상하던 우주를 만난 날을 아직 잊지 못한다. 물론 내 의지와 다르게 먹고 싶은 것을 먹지도 못하면서 줄줄이 이동해야 했고, 키가 큰 어른이 타던 멋진 놀이 기구는 구경만 해야 했지만, 그저 바라보는 것만으로 감동하고, 신기해하고, 신비롭던 그 마음이 지금과 같지 않나 생각한다.

소풍 추억에 대한 회상을 마치고 돼지굴에서 내려와 '연수원 하산 길'이라고 쓰여 있는 표지판을 보고도 왔던 길로 돌아간 이유는, 하산 길에 펜스가 쳐 있거나, 연수원 문이 잠겨 있을 것 같아서다. 그도 그럴만한 게 산 아래 주차하려고 연수원 근처를 돌고 있는데 경비 아저씨 두 분께서 '어디 찾아오셨어요?'라고 물으셔서 '도드람 산이요.'라고 답하니, 먼 곳을 가리키며 '저쪽으로 가세요.'라고 했던 게 떠올라서다. 그렇게 다시 정상으로 돌아와 내려가는데 어머나, 길을 찾던 플래시에 3봉이 비치는 게 아닌가! 이게 뭐지? 하고 당황했는데 아까 올라올 때 마지막 이정표에 쓰인 정상 110m만 보고 서둘러 정상으로 향해 지나쳤던 3봉 표지석이었다. 삶의 방향과 속도도 중요하지만 일정 시간 그 행동을 지속해 나갈 때 적절한 방법도 생긴다는 것과, 올바른 방향만으로 목표한 것을 이루는 데 한계가 있다는 것, 거기에 더해 목표를 이룬 것 같지만 사실 중요하고 소중한 것을 놓쳤을 수도 있다는 것을 배운다. 이렇게 자연은 성인이 된 나에게 곳곳에서 삶의 학원이 되어 준다. 눈과 손으로 배울 수 있는 것에는 한계가 있지만 자연의 가르침에는 한계가 없다. 그러고 보니 어릴 때 난 학원을 다니지 않았고 심지어 보기조차 힘들던 학원이었지만 실은 우리 동네 곳곳이 더 큰 학원이었음을 깨우쳤다. 시골이지만, 들판으로 강으로 자유롭게 노닐며 푸른 자연을 눈에 담으며 많은 것을 상상하고 실현하려 했던 아주 컸던 학원. 내 유년 시절에 많은 것을 담아 주었던 그때 그 동네가 그리워지는 시간에 하산했다.

5. 오락실과 떡볶이

추석 연휴 첫날, 310km를 달려 창원에 있는 청룡산을 오르는 무기 마을에 도착했다. 뒤꿈치가 바닥에 닿지 않을 정도에 경사를 올라 서봉을 지나 청룡산 정상에 올랐다. 평상시와 달리 시야가 맑은 느낌은 챙겨 온 수건 때문이다. 추석이 찾아온 9월 중순에도 멈출 줄 모르는 열대야로 그마저도 얼마 지나지 않아 다 젖었지만. 이전까지 손으로 땀을 훔치던 것과 달리, 수건으로 닦아 내니 남은 물기가 적어 편했다. 밤하늘에 빛나는 수많은 별에 감탄하며 잠시 쉬고 천주산으로 향했다. 이제 산을 걷는 느낌이 전과는 사뭇 다르게 느껴진다. 이전에는 언젠가 도착할 정상에 풍경을 그리며 걸었다면, 지금은 마치 어린 시절 오락실에서 게임하듯, 산에 있는 시간 자체를 즐길 뿐이다. 내가 어릴(초등) 적에는 동전을 넣으면 게임이 시작되는 오락실이 있었는데, 기억으론 50원에 한판이었다. 돈이 없을 때는 오락실로 가 다른 친구나 형들이 하는 걸 구경했지만, 동생들이 하는 걸 보면 '비켜 봐 어떻게 하는지 보여 줄게, 이렇게 해야

지'라며 밀어 내 자리를 뺏었지만 얼마 지나지 않아 형들이 오면 나 또한 비켜야 했다. 오락이 하고 싶은데 돈이 없을 때는 집에 있는 음료수와 맥주병, 몇 시간씩 동네를 돌아다니며 주워 온 공병을 팔아 오락실로 향했고, 다른 날과 다르게 두 눈을 부릅뜨고 집중해서 게임에 몰입했다. 부모님께 받은 돈이 아니고 내 스스로 일?을 해서 벌었던 생에 첫 급여? 전부를 투자했던 게임이었으니까. 실제로 3판까지 가던 것과 달리 4판까지 가거나, 조금 더 나아진 기술을 익혀 만족했다. 어쩌면 나는 스스로 노력하고 행동해 애써서 가질 수 있는 시간이 소중하다는 것과, 대가를 지불한 집중은 그 깊이가 다르다는 것을 그때부터 배워 왔던 것이다. 내가 지금 산을 오르며 다음 발을 어디에 어떻게 디뎌야 더 안정적으로 걸을 수 있을지를 생각하는 집중과 같음이다. 처음 산을 오를 때는 그저 언제쯤 정상에 도착할까? 라는 생각에 발걸음을 정상에 두었다면 지금은 당장 디딜 곳에만 집중한다. 그러고 보니 실제로 최근 산행에서 다치거나 미끄러진 적이 거의 없다. 특히 발목을 자주 삐었던 지난날과 달리 최근 100여 개의 산행에서 한 번도 발목을 삐거나 접질린 적이 없었고, 때때로 넘어지려 하면 몸이 먼저 반응해 틀어진 균형을 바로잡아 미끄러지지 않았다. 이것은 내가 지금 당장 디뎌야 할 바닥에 집중했던, 정상을 목적에 둔 산행이 아닌 산에 있는 시간 자체를 즐긴 덕분이다. 스스로 하고 싶은 일에 짜증이나 투정은 있을 수 없고, 혹시 문제가 생겨도 해결된다는 긍정에 마음이 나아짐이란 즐거운 과정을 만든다. 오락실을 가기 위해, 오락을 하기 위해 그곳이 아닌 곳에서 최선을 다했듯, 산을 찾고, 오르기 위해 일상에서도 최선을 다한다. 무엇을 하기 위한 시간 밖의 노력이 그것을 할 때 더 빛나게 한다는 것을 알았으니까. 그렇게 40여 년 전, 즐거운 발걸음으로 오락실을 향해 걷던 아이는 이제 중년이 되어 마치 그때와 같은 즐거움으로 '산'을 향하고, 그곳을 걷고 있다.

오르막 끝으로 커브가 보이면 기대하게 되는 마음은, 그곳을 돌면 능선이 나오거나 멋진 조망이 기다릴 것 같은 마음에서다. 마치 어릴 적 자주 가던 골목에 들어서면 삼삼오오 모여 놀던 친구들을 기대하는 마음과 같다. 지금은 작은 길을 넓혀 큰길(도로)이 많지만 그때 도로는 시내로 나가야 볼 수 있고 대부분 골목과 골목으로 이어진 작은 길과 골목이었다. 굳이 몇 시에 어디서 보자고 약속하지 않아도 집을 나와 그곳으로 가면 학교와 동네 친구를 만나는 곳이기에 설렘으로 마지막 골목에 커브를 돌기 전 아이들에 목소리가 들려오면 입꼬리가 저절로 올라갔고, 조용하면 친구들이 있을까, 없을까 하며 조마조마하곤 했다. 하지만 가끔 만나는 능선과 조망처럼 당시에도 매번 그곳에 친구들이 있던 건 아니었기에 기대함에 대한 실망감은 그것을 반복적으로 지속할 때 지워진다는 것과 내가 하는 생각이 그대로 이어지는 것이 삶이 아니란 것을 어린 시절에 골목길과 어른이 된 오르막 끝에서 만났다.

천주산 상봉에 도착한 시간은 새벽 4시, 대부분 새벽 6시를 전후로 보던 운해와 달리, 이미 산 전체가 구름으로 가득해 신비롭고 신기했다. 발길을 옮겨 정상에서 마주한 운해의 비경에 놀랄 즈음 흰 구름에 빨갛고 노란, 자연만이 가능한 색을 칠하며 떠오른 일출에 넋을 놓고 멍하니 30분을 바라보다 마지막 목적지인 보등산으로 발길을 옮겼다. 계속해서 이어지는 오르내림과, 발길이 끊긴 지 오래돼서 길도 잘 보이지 않았고, 몇 미터마다 얼굴에 달라붙는 거미줄과 7시간을 넘게 걸어 떨어진 체력, 추석이지만 예년 같지 않게 뜨겁게 떠오른 태양은 땀샘을 자극해 서서히 지쳐 갔다. 그러고 보니 어릴 땐 추석 아침이면 일찍 일어나 씻고 준비해야 해서 물을 받아 놓은 대야에 머리를 담그면 얼마나 차갑던지 곧 겨울이 오겠구나라는 생각이 들었는데 지금은 이렇게 더우니 자연이 많이 아픈 게 느껴져 SNS에서 환경운동가로 활동하고 있는 나의 사명감을 다시 한 번 가슴에 새기며 걸었다. 드디어 목적지인 보등산 정상을 넘어 하산 길을 찾아 여기저기 숲을 헤매다 콘크리트를 쌓아둔 공사현장 뒤로 내려와 주차장에 도착해 근처 숙소에서 쉬고 저녁 6시, 마산에 있는 무학산으로 향했다.

오늘 새벽 종주산행에서 체력을 소비해서인지 빠르게 차오른 숨에 잠시 앉아 쉬어 간다. 일몰을 보고 오는 건지, 여자 두 분이 내려오시는데 먼저 마주친 분은 건넨 인사를 받지 않았지만, 뒤에 오는 분은 크고 밝게 맞아 주셨다. 사회에서 인사를 크게 하는 사람이 있고 기어들어 가듯 작게 하는 사람이 있다. 인사는 내 생각이 마음을 넘어 목으로 터져 나오는 기본이자 원초적인 태도다. 크게 하는 인사는 세상을 향한 외침이 되어 더 나은 삶의 질의 바탕이 되고, 기어들어 가는 인사는 스스로 땅을 파고 들어가게 한다. 인사가 '사회적 인사'를 결정하게 된다는 것으로 크게 인사하면 큰 사람이 되고, 작게 인사하면 작은 사람이 될 가능성이 크다. 어릴 때 인사를 크게 하는 버릇을 들이면 인사 자체만으로 외부에 칭찬을 불러와 스스로 자존감을 높이는 데도 큰 영향을 끼친다. 그렇게 커진 자존감은 한 아이에 성격과 삶을 바꾸어 놓기도 한다. 내성적인 아이들에게 크게 인사하는 법을 가르쳐야 하는 이유기도 하며, 이것은 성인이 되어서 대인관계에도 큰 도움이 되기 때문에 반드시 우선해야 할 가르침이다. 나는 초등학교 때부터 반장 추천을 많이 받았다. 물론 책은 무겁고 거추장스러운 것이기도, 펴 본 적도 없었지만. 단지 목소리가 크다는 이유만으로 받은 추천이다. 어릴 때 반장 집은 부자라는 걸 알았던 나이기에 마다했지만, 반장을 하지 않았어도 무엇을 하던 남들보다 조금은 센스 있게 생각하고 행동했다고 믿는 이유가 바로 크게 했던 인사와 그것에서 비롯되어 커졌던 내 목소리 덕이라고 믿는다. 자신감이 부족하거나 떨어진 아이들과 성인 모두에게 자존감과 자신감을 높이는 최고의 방법은 크게 하는 인사가 도움이 될 것이다.

한 시간 정도 올라 조망이 좋은 정자에서 창원의 화려한 밤을 마주한다. 등산을 처음 시작하던 때는 중간에 나오는 조망이 있어도 무조건 정상에 빨리 올라 더 멋진 풍광을 보려 애썼지만, 지금은 같은 산에서도 시시각각 변하는 날씨, 그리고 정상이라고 모두 멋진 조망이 있는 것은 아니라는 걸 알고부터는 볼 수 있을 때 미리미리 눈과 마음에 담는다. 그렇게 오르다 365계단과 마주했다. 1월 1일이라고 쓰인 첫 번째 나무계단을 시작으로 12월 31일 계단 끝에 올랐지만, 마치 귀신에라도 홀린 듯 다시 1월 1일이라고 쓰인 계단 앞에 서 있었다. 두 번의

365일 계단에서 떠오른 건, 계단도 끝이 있는 것처럼 시간도 지나간다는 사실이었고, 그래서 하루하루를 더 뜻깊고 알차게 보내기로 다짐한다. 시간에 대해 말하다 보니 생각난 친구들과의 내기가 있다. 어릴 때 누구나 하나씩 차 봤거나 갖고 싶어 하던 초시계. 시계 양쪽에 버튼이 있어 시간을 잴 수 있는 기능이 있었는데 이 기능은 사실 별다른 사용처가 없었다. 그냥 몇 초인지 맞추기? 정도로만 사용했는데, 친구들과 20초, 30초, 1분 등으로 시간을 설정해 놓은 뒤 서로 버튼을 누르고 누가 더 가까운지 확인하는, 아이스크림, 과자 등 간식 내기용으로 쓰였다. 그런데도 남자아이라면 모두 그 시계를 갖고 싶어 했고, 누군가 최신형을 차고 나타나면 그것을 보려고 둥글게 모여 우아우아!를 반복하며 부러워했으니, 그땐 작은 것에 놀라고 신기해하던 참 순수한 시간을 보냈구나 싶다. 산행을 마치고 집에 돌아가면 비슷한 시계가 있는지 찾아서 딸아이와 해 봐야겠다고 생각하니 피식 웃음이 나온다.

정상에 도착하자 강하게 불어오는 바람에 펄럭이는 태극기와 눈앞에 펼쳐진 화려한 야경에 감탄하고 있는데 어디선가 은은하게 들려오는 옛 노래가 귀를 간지럽혔다. 텐트 안에는 젊은 분을 예상했지만, 가만히 앉아 펼쳐진 창원의 밤을 물끄러미 바라보는, 나이가 지긋하신 남자분이셨다. 나는 '분위기가 너무 좋으시겠는데요'라고 말했고, 그분께서는 흐뭇한 웃음으로 '네 좋은 밤입니다.'라며 답하셨다. 60을 훌쩍 넘어 보이는 남자의 백패킹이 너무 낭만적이어서 그런지 야경이 더 감성적이고 감동적으로 다가왔다. SNS에서 친한 친구에게 평소 걷는 경로를 물어보니, 주차 위치와 무학산의 학봉을 연계해서 내려오는 코스를 보내 주어 원래 진행하려던 대곡산 연계 산행을 뒤로하고 그리로 향하려 했지만 갑자기 바뀐 코스라 길을 찾지 못하고 있었다. 아까 텐트에 계셨던 분은 반드시 이곳에 대해 꿰뚫고 있으리라 확신했던 나는 곧장 그리로 가서 '선생님, 혹시 학봉으로 가는 길을 좀 여쭐 수 있을까요.'라며 물었고, 그분께서는 즉시 텐트 문을 열고 나와 직접 가는 길과 중간중간 갈라지는 길에서의 방향까지 세심하게 알려 주시며 '학봉으로 가는 길이 조금 험할 텐데요.'라며 걱정해 주셨다. 나는 '조심히 천천히 가 보겠습니다. 감사합니다.'라는 인사를 남기고 돌아서 학봉으로 향했다. 험하다는 말에, 괜찮다고는 했지만 내심 긴장되는 마음으로 걸었다. 몇 번을 미끄러질 뻔했어도 그러지 않았던 건, 그 말이 기억에 남아 긴장을 늦추지 않은 덕분이다. 그렇게 걷고 있는데 100원짜리 동전 하나가 반짝이며 빛나고 있었다. 천 원짜리 지폐를 주웠던 적은 있지만 동전은 처음이다. 동전을 보니 오락실의 또 다른 추억이 떠오른다. 어느 날 누구로부터인지는 기억나지 않지만, 라이터에서 일명 '딱딱이'(가스에 전류로 불을 붙이는)를 분리해 오락실 동전 넣는 곳에 계속해서 딱딱이면 공짜로 오락을 할 수 있다고 해서 집에 있는 라이터를 분해한 뒤 잘 되는지 손바닥과 손가락에 시험해 따끔거리고 있거나, 동전에 구멍을 뚫어 철사로 묶은 뒤 동전 통에 살짝 넣고 왔다 갔다 하면 코인이 계속 올라간다는 말에, 학교와 집에서 동전에 구멍을 내려 애쓰던 시간도 기억난다. 물론 실제 그것으로 공짜 오락을 했는지 기억나지 않지만 중요한 건 동전에 묶었던 실이나 철사가 동전 통에 걸려 나오지 않으면 즉시 줄행랑을 쳤다. 며칠 뒤에 가 보면 그 기계에 흰색 종이로 '고장'이라고 쓰여 있어 미안하던 시간이 떠올라 그땐 참 철도 겁도 없었구나 싶다. 소중한 추억을 선물해 준 동전과의 추억을 주머니에 넣고 걸어 무사히 학봉에 도착했다. 이내 불쑥 감사함이 올라왔고 무학산 정상을 향해 '선생님 덕분에 잘 도착했습니다.'라며 감사 인사를 전했다. 학봉에서 내려가는 능선 길에 야경은 아까 정상에서 보던 것보다 뚜렷하게 보였는데 멀리서 보았던 것을 가까이에서 보니 확대해 놓은 것처럼 선명했다. 이 또한 이 길을 안내해 준 친구 덕이기에 그 친구에게도 하산 후 메시지로 감사를 전했다.

숙소로 돌아와 내일 산행 준비를 마치고 휴식 후 함안에 있는 여항산으로 향했다. 시작부터 엄청난 각도에 경사와, 너덜길을 걷고 나서 만난 발이 다 닿는 오르막은 상대적으로 편안했다. 아버지의 권유?로 시작한 태권도는 중학교가 끝날 때까지 계속됐다. 품새와 겨루기, 두 개로 나눠지는 분야 중, 품새로 시작했던 나의 주 종목은 어느새 겨루기가 되어 있었고, 중학생이 되니 시내로 확장?했던 도장에서 지금 생각해 보면 나는 국가대표도 아니었는데 아버지와 친?하다는 관장님께서 어느 날 전지훈련 신청을 받고 계셨다. 분명히 훈련이라고 쓰여 있던 플래카드인데도 뭔가 여행 느낌이 짙었기에 신나게 놀 궁리로 부모님께 조르고 졸라 5만 원? 정도를 내고 도장에서 마주치던 태권브이들과 함께 봉고차에 탑승했다. 대천 바닷가 근처에 멈춘 차에서 우르르 내려 여관 같아 보이는 곳에 짐을 풀 때까지 챙겨 온 도복은 빨래가 필요 없이 고스란히 가져가게 될 줄은 전혀 몰랐고, 약 20분 짐을 정리할 시간을 주고 태권 깃발을 꽂아 두었던 모래사장으로 모이라던 관장님은 이미 큰 전쟁을 치를 것 같이 전열을 가다듬은 장군이 되어 계셨다. 그때부터 우리 태권브이들은 5일 동안, 훈련했던 모래사장에 모래가 없어질 때까지 달리고 달렸다. 그렇게 마치 올림픽 준비를 마치고 태극전사가 되어 돌아온 나는 그날 이후 도장에서의 시간이 힘들다고 느껴지지 않고 즐기는 수준으로 편하게 느껴졌다. 지금도 마찬가지다. 전지훈련과 같이 많이 힘들던 산길을 지나 만난 오르막은 매일 도장에서 보내던 연습 시간과 같이 느껴진다. 생각해 보면 어린 시절에 배워 온 게 참 많았구나, 하는 생각이 깊어지며 어느새 중부 능선을 걷고 있었고, 여항산 정상을 넘어 330km에 거리를 떠올랐던 유년 시절을 추억하며 집에 도착했다.

연휴 3일차, 보령에 있는 양각산으로 향했다. 시작부터 계속되는 너덜 길은 창원, 마산에서 29km를 걸었던 근육을 빠르게 자극했다. 얼마 걷지 않았는데 짐승 소리가 나서 움칫 놀랐지만, 도로 위를 빠르게 달리는 sports car가 소리였다. 가끔 보면 타인의 재력이나 화려한 모습에 불편과 불만, 상대적 박탈감을 느끼는 사람을 본다. 내가 초등학교 때 이미 반장은 부자가 하는 거라고 생각하고 이해했던 것처럼 다른 친구들이 소시지와 계란, 어묵 반찬을 싸올 때, 내 도시락에는 밥과 김치, 멸치뿐이었지만 한 번도 내 도시락에 부정적 반응은 없었다. 그들만의 세상이 있고 나만의 세상이 있다는 것을 인지하고 이해해야 한다. 이것을 이해하지 못하면 결핍에 의한 감정이 억지를 불러 내부적으로 짜증과 불만이라는 문제를 일으켜 투정과 불평만 가득하게 만든다. 타인이 가진, 갖춘 것에 반응하기보다 내가 만들어 왔고 만들어 갈 것에 대한 소중함이란 반응이 더 커야 삶의 만족도가 올라간다. 나아짐이란 스스로의 만족이 반복될수록 높아진 자존감으로 비교 대상이 외부가 아닌, 나 자신이 되어 지속 성장과 꾸준한 만족에 감사란 행복이 찾아오기 때문이다.

계속해서 눈과 귀를 괴롭히는 날파리 공격에 눈을 제대로 뜰 수가 없어 스트레스가 이만저만이 아니다. 야간 산행에 고글을 착용하는 것도 무리라 별다른 대안이 없어 손으로 수비할 수밖에 없지만 그것도 한두 번이지 등산을 하면서, 게다가 쓰레기를 주워 가면서 계속 팔을 흔드는 일이 정말 쉽지 않다. 챙겨 왔던 수건을 머리에 쓰고, 양쪽 귀로 내려 간신히 앞만 볼 수 있을 정도로 해 두니 드디어 공격에서 해방되어, 등산에서 수건이 얼마나 큰 역할을 해 주는지 체감했다. 불편한 환경을 투정하기보다 방법을 달리해 얻은 흡족함이었고 이런 모습은 중학생이 되던 해 여름 방학에 추억과 닮아 있다. 우리 학교는 남녀 공학이었는데 중학생이 되어 보니 교복을 입기는 했지만 운동화나 주말에 친구들을 만날 때 입는 옷이 여간 신경 쓰이는 게 아니었다. 그러나 어린 나이였음에도 열악한 형편이던 부모님께 옷과 운동화를 사달라고 말하기가 미안했다. 하지만 매번 같은 옷과 신발을 신고 나가는 게 자존심이 상하기도, 짜증이 나기도, 지저분해 보이기도 해서 매일 아침 신던 운동화는 달랑 하나에, 몇 안 되는 옷을 고르는 시간이 불편했다. 그런데 여름방학이 시작되기 며칠 전, 동네 전봇대에 이런 문구가 적힌 걸 봤다. '미군부대(평택) 내 건설 현장 인부/구함' 전화로 통화해서 중학생이라면 받아 주지 않을 것 같아 고2라는 거짓말을 했고, 그렇게 나는 미군, 그리고 한국에서도 특정인들만 들어갈 수 있는 곳에 면접조차 거치지 않고, 덜컹이는 1톤 트럭에 올라 하이패스로 들어갔다. 새벽 5시였나, 출근시간 말이다. 중1 방학, 그것도 첫날부터 시작했던 건설 현장은 모든 게 불편하고 힘들었지만 하루에 4만 원이라는 큰돈은 지금 생각해도 매일에 고됨을 잊게 하는 달콤한 유혹이 맞았구나 싶다. 그렇게 20일을 일하고 80만 원에 2만 원을 마지막 날 퇴직금(칭찬하며 주신)으로 받아 82만 원을 들고 시내로 향하는 버스에 올랐다. 여기저기서 얼마나 많이도 샀는지 다 들고 버스에 오르기도 힘들어 택시를 타야 했다. 물론 첫 월급이었으니 아버지, 어머니에 내복도 선물했다. 그때부터 나는 불편을 이겨 내는 것은 그저 이뤄지는 것이 아니라 '대가'가 있어야 한다는 것을 배웠다. 지금 있는 상황에서 다름을 찾아야 바뀐 상황과 마주한다는 것까지도. 어쨌든 어린 시절 첫 급여를 받고 실소한 듯 웃던 모습에 추억을 떠올리며 걷다 이상한? 것을 봤다. 해발 421m에 체력단련장이라니, 저 운동기구를 가져다 놓기 위해 얼마나 많은 사람이 애를 쓰고 돈을 썼을지 생각해 보니 좋은 것도 필요한 곳에 있어야 함을 느낀다. 내가 좋다고 해서 모두에게 좋은 건 아니고, 내가 필요하다고 해서 누구에게나 필요한 것은 아니듯.

우각산 정상을 지나 최종 목적지인 양각산에 도착했다. 정상에는 4개의 벤치가 있었고 거기 앉아 바라보는 시원하게 흐르는 보령호와 붉은 여명에 반짝이는 별들의 풍광이란, 정말 기막혔다. 잠시 후 산 넘어 노란 해가 올라와 멋진 일출까지 선물받고 하산을 시작했다. 내려오다 만난 계곡에서 가까이 떨어지는 큰 물줄기보다 멀리서 떨어지는 작은 물줄기 소리가 더 큰 것을 보며 작고 크고의 기준이 반드시 더 많고 더 적고의 문제가 아닌 것을 알아 간다. 계곡에 앉아 신발을 벗고 며칠 동안 쉼 없이 걸어온 발을 계곡에 식혀 보는데 엄청나게 차가워 금세 담갔던 발을 빼 다시 신발을 신었다. 전지훈련은 여름에만 있던 게 아니었다. 특이하게도 겨울에 도장에서 5일 동안 진행되었던 동계훈련은, 새벽 6시에 기상해서 맨발로 도장에서 왕복 1시간 거리에 있는 산을 뛰는 것으로 시작했는데 겨울이라 눈이 쌓여 있기도 했다. 겨울, 맨발, 눈 생각만으로도 발가락이 부서질 것 같은 통증이 느껴지는 듯하다. 그때에 비하면 이 정도는 아무것도 아니지라며 다시 신던 양말을 벗어 재차 물에 넣고는 그때 생각에 웃으니 차가움도 이내 시원해짐으로 바뀐다.

연휴 4일차 추석 당일, 충남 천안과 아산에 걸쳐진 태학산에 도착했다. 큰 돌이 굴러와 밀린 건지, 나무가 그렇게 자란 건지, 바위 옆에 바싹 붙어 유연하게 바위를 감싸듯 자라 있다. 근처에 계곡은 없어 보이지만 숲 깊이 부는 가을바람이 가지를 흔들어 서로 부딪치는 소리에 귀가 청량해진다. 주능선을 알리는 시원한 바람에 흐르던 땀도 바람을 따라 날아간다. 정상에 반짝이는 도시에 야경이 옛날에 신나게 놀던 쥐불놀이를 떠오르게 했다. 앞서 말했지만 우리 동네는 시골이라 집 주변에 논이 많았는데 정월대보름 즈음되면 동네 아이들이 그곳에 모여 연신 불을 지핀 통을 돌리며 소리를 질러 댔다. 통을 계속해서 돌렸던 이유는 나무가 잘 타서 숯이 되어야 그 숯이 하늘에 뿌려지며 예쁘게 떨어져 퍼지기 때문이다. 그때는 컴퓨터 없이도 신나게 놀았는데 지금은 놀이의 개념이 사라지고 온라인 게임으로 바뀌어 그만큼 추억이 작아진 것 같아 아쉽다. 그때나 지금이나 놀이를 하든, 게임을 하든, 부모님께 혼이 난다는 건 일

맥상통이지만 말이다. 그렇게 태학산의 야경을 바라보며 그 시절 시골에서 보던 쥐불놀이 야경의 추억을 뒤로하고 태화산으로 향했다. 오늘은 달이 참 예쁜데 조망이 막힌 곳에서는 가끔씩 모습을 보이지만 조망이 트인 곳에서는 구름에 가려 제대로 보지 못했다. 정상으로 향하는 길에서 잘 보이는 달을 만나길 바랐지만 역시나 원하는 대로 보이지는 않았고, 능선을 넘어 태화산 정상에 도착했지만 정상에 조망은 없어 올라온 길로 돌아와 하산했다.

연휴 마지막 날, 충북 제천에 있는 작은동산 주차장에 도착했다. 어제와 달리 구름이 없는 하늘을 밝게 비추는 달과 함께 걸으니 시야가 좋고, 약간의 오르막에 능선도 걷기 좋았다. 하지만 좀 이상한 느낌은, 중간중간 개울처럼 물이 흐르는 곳을 건너도록 마치 자로 잰 듯 딱 맞춰 놓인 큰 바위가 어떻게 필요한 곳에 딱딱 놓인 건지 참 신기했다. 처음엔 어디서 굴러와 우연처럼 맞춰졌을 거라 생각했지만, 반복해서 동일하게 놓인 바위를 보며 절대 사람이 들 수 없을 만큼 큰데 누가 옮겼을까? 생각했지만 결론은 거인이 아니면 할 수 없는 일이라 생각하고 어쨌든 감사함에 그곳을 지나는데 부러진 나뭇가지 몇 개와 동그란 돌 하나가 옹기종기 예쁘게도 모여 있는 걸 보니 떡볶이가 생각났다. 중학교 때 떡볶이는 접시가 필요 없었다. 천 원이 면 매점 아주머니께서 투명색 얇은 랩을 벌여 떡볶이에 계란 하나, 만두 2개를 넣고 마지막으로 '국물 좀 많이 주세요.'라는 말에 국자로 국물을 두어 번 퍼 넣고 봉지 위를 잡고 몇 바퀴 돌려 매면 완성됐기 때문이다. 뜨끈하게 담긴 비닐 떡볶이는 겨울에 그 맛이 더 좋았는데, 그땐 hot 팩이 없었기 때문에 대용으로 손과 배를 따뜻하게 해주는 보온용으로도 사용해서다. 근데 이 떡볶이는 먹는 방법이 따로 있다. 봉지 맨 끝부분을 너무 크게 찢어지지 않도록 앞니로 조금씩, 천천히 뜯어내 먼저 떡볶이 위주로 흡입을 한 뒤, 5개쯤 먹으면 그때부터는 분리 흡입이 아니라, 계란과 만두를 으깨어 섞어 먹었다. 가끔은 더 잘 비벼 보려고 봉지 끝을 뜯기 전, 처음부터 신나게 섞어 먹을 때도 있었지만 계란 노른자의 영향이 커서 향이 짙고 걸쭉해 떡볶이 본연의 칼칼하고 깔끔한 맛이 사라져 한두 번 그렇게 먹어 보곤 원조 패턴으로 돌아갔다. 그때 그 천 원의 행복이 참 그립다. 지금은 천 원이 보여도 그 의미가 크지 않은데, 그땐 천 원이 없으면 친구들이 먹는 봉지 떡볶이에 한 입만을 부탁했던 적도 있었으니 말이다. 근데 그 봉지 떡볶이는 누가 만들었는지 참 기발했다. 학창 시절 뛰어다니며 놀기 바빴던 아이들은 쉬는 시간에 허기를 채우려 매점에 뛰어가곤 했는데 떡볶이가 먹고 싶어도 10분밖에 되지 않는 시간에 먹고 오기가 쉽지 않았으니 말이다. 반면에 봉지를 들고 교실로 뛰어 들어오면 당장 먹지 못하고, 한 시간 동안 봉지를 주무르며 기다려야 했지만, 다음 쉬는 시간에는 여유 있게 먹을 수 있었으니까. 별것 아닌 그런 기다림에 대한 설렘이 참 좋다. 너무 큰 기대보다 작은 것에 설렘을 부여하는 시간을 더 가져야겠다는 생각으로 매점으로 뛰어가던 나를 떠올리며 천천히 걸었다.

마침 앉기 좋은 바위와 스치는 바람이 좋아 잠시 멈춰 앉아 랜턴을 껐다. 어릴 적 집 형광등에 불을 켜 둔 채로 나왔다 들어가면 아버지에게 엄청나게 혼났기에 외출 전 반드시 확인하던 것과는 달리, 화장실 불은 켰다가 바로 끄지 말라셨다. 그게 의아했던 나는 왜 화장실 불은 바로 끄지 말라고 하시는지 물었는데, 노란 전구는 켰다 바로 끄면 전기세가 더 나온다고 하셨고, 길었던 흰색 형광등은 오래 켜 두면 전기세가 많이 나온다고 말씀하셔서 의심의 여지없이 그 두 개를 구분, 조절해서 켜고 끄던 기억이 있다. 지금 와서 생각해 보니 전혀 맞지 않는 말인 것 같은데 아직도 나는 어느 곳에서든 꺼져 있는 노란 전구를 보면 당장 켜고 싶은 마음이 들 때가 많다. 습관과 그것의 지속이 얼마나 무서운지 각인하는 시간에 다시 랜턴을 켜고 옛 기억에 웃음 지으며 걸었다.

작은동산에서 가장 유명한 외솔봉에 도착 전, 이미 능선으로 보이는 솜사탕이 가득한 운해를 본다. 외솔봉(바위로 둘러싸인 곳에 자란 소나무 한 그루)에 도착해서 그 비경에 감탄을 하다 자세히 둘러보니 외솔봉 아래 바위 옆으로 멋지게 자란 소나무가 보였다. 마치 질투라도 하듯 외솔봉만큼 아름답고 멋스럽다. 옆으로 이동해 암릉에 조금 더 오르니 이곳에도 아기 소나무가 홀로 외롭게 자라고 있는데 이 녀석도 시간이 지나면 저 외솔봉만큼이나 유명해질 태세다. 그러고 보니 다른 산을 다니며 보는 나무들이 각각의 산마다 비슷한 나무들로 자라 있는 걸 보곤 하는데 나무들도 자신의 영역이 정해져 있거나 넓히는가도 싶다. 아무튼 그렇게 산 전체를 구름으로 감싼 외솔봉에서의 비경에 아쉬움을 남기고 대슬랩(길게 늘어진 암릉) 구간에 자세를 낮춰 조심조심 한 발을 내디디며 중간중간 보이는 청풍호의 아름다움과 함께 하산했다. 청풍호를 보니 친한 친구가 살던 '내리'라는 강이 있는 곳까지 집에서 자전거로 20여 분 오르막을 올라 놀러 가던 시간이 떠오른다. 친구는 강 근처에 살고 있어 낚시로 물고기를 잡는 데 선수였고, 난 친구를 따라 낚시 가는 걸 좋아했다. 친구에 형들이 사 둔 떡밥이 있는 날엔 그것으로, 없으면 민물 새우를 잡아 끼웠다. 친구는 잡은 물고기 전부를 내게 주었고 붕어와 잉어가 담긴 비닐을 잡고 자전거에 앉으면 바퀴는 쉴 새 없이 굴러 전속력으로 집에 도착했다. 부모님께 자랑하면 아버지는 좋아하셨고 어머니는 싫어하셨는데, 아마도 민물고기 특성상 비린내가 심해서인 것 같다. 어쨌든 잡아 온 물고기는 아버지가 하루 동안 수돗물에 식초를 섞어 담가 놔야 독이 빠지고 안 좋은 걸 뱉어 낸다고 하시면서 빨간 대야에 넣으셨고, 하루가 지나면 집엔 매운탕 냄새가 진동했다. 무와 배춧잎을 넣고 끓여 주신 매운탕이 얼마나 맛있던지 밥 두 공기도 금세 비웠다. 그렇게 한동안 잡아 오던 물고기에 지치신 어머니는 아버지가 없을 때 내게 '성교야 이제 물고기 그만 잡아 와, 엄마 힘들어.'라고 말씀하셨고 그 뒤로 나는 더 이상 친구 집을 향해 자전거 페달을 밟지 않았다. 어머니가 힘든 건 싫었으니까. 아름다운 청풍호를 바라보며 그때 강가를 향해 던져 얻어 낸 매운탕의 추억을 뒤로하고 다시 하산을 시작해 산행을 준비하는 사람들로 붐비는 주차장에 도착했다. 추석 5일 동안 10개의 산에서 50리터에 쓰레기를 주워 왔던 내게, 자연이 선물한 아름다운 비경과 유년 시절의 기억과 추억을 눈과 마음에 담아 집으로 돌아왔다.

6. 장난감 공장과 비디오테이프

금요일 밤 11시, 퍼붓는 비에 출발한 차는 빨간불에 잠시 멈춰 있다. 지구는 지금 파란불을 지나 빨간불에 다다른 듯하다. 10월이 다 되어 가는데 34도의 더위로 괴로워하던 지구가 흘리는 눈물이 비가 되어 내리고 있다. 와이퍼가 지워 내는 빗방울처럼 지구의 아픔도 지워 낼 수 있으면 좋으련만, 더 이상에 인간의 편의를 위한 개발에 지구가 다치지 않기를 바라며 호압사 주차장에 도착했다.

우비를 챙겨 입고 산행을 시작한다. 초입에 돌로 이어진 길과 나무계단으로 나뉘는데, 자연적인 돌길을 오른다. 30여 분을 올라 도착한 호암산 정상엔 태극기가 휘날리고 있었고 별다른 정상석이 없어 강하게 불어오는 비바람에 지체 없이 민주동산을 넘어 삼성산으로 향했다. 비가 와서 다른 때보다 산행이 위험하다고 생각할 만도 한데 서울에 있는 산은 도심에 있어서인지 의외로 마음이 편하다. 능선에서 잠시 멈춘 비에 바위와 암릉 위를 사뿐사뿐 뛰면서 느끼는 감정은 사랑할 때 느끼는 달콤함?과 같다. 나의 첫사랑은 초등 4학년에 시작되었는데, 그 친구 집까지는 걸어서 약 30분을 가야 했고, 그마저도 갈 때마다 다 보고 올 수 없기에 더 길게만 느껴졌다. 더 빨리 더 자주 보고 싶어 부모님께 자전거를 사 달라고 졸라 일반 자전거보다 빠르다던, 핸들이 무쏘에 뿔처럼 휘어져 허리를 숙이고 타야 하는 선수용? 사이클을 타고 그가 사는 슈퍼 앞(슈퍼 딸)을 서성이다 잠깐이라도 보고 나서야 집으로 돌아갔다. 한 번도 보지 못한 날이면 슈퍼에 들어가 이것저것 만지작거리며 돌아보다 어머니께서 계산할 때 열린 창호지 문틈 사이로 본 적도 있었다. 어떤 날은 보지 못해서 두, 세 번을 간 적도 있었지만. 아무튼 그렇게 어린 시절 사이클을 타고 설레는 마음으로 달리던 길처럼 비 내리는 삼성산 능선을 조심히, 조금은 빠르게 걸어 철탑을 돌아 정상에 도착했다. 아직 새벽 2시고, 비가 오기도 해서 시야는 좋지 않지만 어스름하게 보이는 산등성이를 바라보며 불어오는 강한 바람에 땀과 빗물을 씻겨 내고 서둘러 하산을 시작했다. 곧 비가 멈추고 바위와 암릉 사이를 점프해서 노닐다 보니 문득 초등학교 때 친구 집 옥상에서 점프해 장난감 공장 담을 넘어가 실컷 고르고 골라 포대자루에 꾸역꾸역 넣고 다시 친구 집으로 넘어가려는데 글쎄 이게 어떻게 된 일인가!? 미리 걸쳐 둔 사다리가 보이지 않았다. 사다리가 없으면 이곳에서 나갈 방법이 없는데 말이다. 왜냐면 친구네 집 옥상이 더 높았으니까. 점프로 공장에 들어가는 건 착지 때 발바닥이 조금 아플 뿐, 크게 문제 되지 않지만 다시 나오려면 사다리를 타고 이동해야 했기 때문이다. 얼마 지나지 않아 공장에 불이 켜지면서 우린 공장장? 사장님?에게 붙잡혔고, 경찰에 신고 대신 길고 단단한 플라스틱 장난감으로 곤장 열 대를 맞아 불이 난 엉덩이를 비벼 가며 반성문을 쓰고 나서야 풀려났다. 나는 초범이지만 친구는 재범이었기에 몇 대를 더 맞았는데 그 상황에 웃음이 났던 단순하고 순수?했던 기억이 떠올라 피식하며 호압사에 도착했다. 아직도 그 친구를 가끔 만나는데 이 이야기를 친구들이 모인 데서 조금만 하면, 즉시 바통을 이어받아 마치 영웅담처럼 너스레를 떨며 얼마나 재밌게 얘기하는지, 또 그걸 말할 때 표정과 미소가 어찌나 해맑은지, 신이 난 아이 같아 보는 나도 즐거워 가끔 그때 이야기를 일부러 꺼내곤 한다. 그렇게 나쁜 행동이지만 너그럽게? 몸으로 반성을 구하던 때를 추억하며 주차장에 도착했다.

집에 돌아와 휴식을 취하고 같은 날 오후 4시에 충남 금산에 월영산과 부엉산을 오르기 위해 출발했다. 주차장에 도착해 차에서 내리기도 전, 월영산을 관리하시는 분이 다가와 오늘은 입산금지라고 말씀하셔서 나는 '알겠습니다.'라는 말과 함께 차를 돌려 나왔는데, 비 내리는 도로를 150km 달려와 그냥 돌아가는 게 왠지 아쉬웠다. 월영산이 흔들다리로 인해 금지면 부엉산은 다른 길이 있지 않을까 하고 찾아보니 부근에 등산로가 따로 있어 그쪽으로 이동했다. 하지만 산 아래로 이미 엄청난 양의 물이 불어 있었기에 산 위의 상황도 자칫 토사가 발생되거나 바위, 암석이 떨어질 수도 있다는 불안과 긴장에 산행 전부터 가빠진 숨을 달래야 했다. 그나마 위안이 된 건 산행 코스가 왕복 3.3km로 짧은 건데, 그마저도 감사하게 생각하며 불어오는 강풍과 비에 안전하게 산행을 끝내는 것에만 한발 한발 집중했다.

그나저나 산을 오르고 있으면서도 아까 산 아래로 보이던 폭우가 쓸어 가는 갖가지 쓰레기와 흙이 눈에 밟혔다. 어릴 때 우리 집은 흙집이었는데 내 방문은 나무 위에 창호지를 발라 만들어 옆으로 밀고 닫는 형태였고, 그 안에 내가 누워 자는 자리 옆으론 굵은 벽지가 볼록 튀어나와 있었다. 흙이다. 흙으로 만든 벽이 무너져 벽지 안쪽으로 조금씩 밀리는 중이었다. 어쨌든 이런 환경에 아버지는 초등학교 4학년 때 심근경색으로 쓰러지셨고 그 후 살림은 더욱 팍팍해졌다. 그런 환경에도 나는 태권도를 계속했어야 했고, 중학생이 되면서 내 실력도 고속 상승해 이미 3품(성인이 되기 전에는 단을 품이라고 함)이 돼 있었다. 체육관에서 운동과 정신 수양을 함께 익혔던 나지만 경제적 부족으로 자연스레 성향이 반항에 가까운 친구, 형들과 몰려다니기 시작했다. 그때부터 오목 TV와 이별이 찾아왔고 조금 잘 사는 친구 집을 들락날락하며 만화, 비디오, 집에서 먹지 못하는 반찬과 찌개, 국으로 끼니를 때워 집에서 밥을 먹는 날이 점점 줄어들었다. 꼭 친구 집에서 밥을 먹고 들어가려던 이유는 집 밥상에는 나물과 멸치, 김과 간장이 주식이었기 때문이다. 나는 소시지, 어묵, 햄, 계란 프라이가 먹고 싶은데 말이다. 당연히 집을 나가있는 시간이 점점 늘어나 저녁까지 이어졌고, 밤에 돌아다녀 봐야 좋은 행동을 하고 다니기 어려우니 자연스레 마치 제임스 딘의 한 장 사진만 보고 반항의 미학을 멋짐으로 섬기듯 방황의 늪으로 들어가기 시작했다. 더구나 우리 학교는 입학식에서부터 정신 차리지 않으면 안 된다는 다짐을 심어 주었으니 그럴 만도 했다. 일반 중학교를 가지 못한 남학생들과 1년, 2년, 심지어 5년을 꿇었던?(학교생활에 문제가 있어 다시 들어오는) 형? 아니 내겐 거의 아저씨같이 느껴진 험악한 얼굴이 넘쳐 났으니까. 마치 동물의 왕국처럼 남자의 본능인 양 살려면 그들과 친하게 지내는 게 유일한 선택이었다. 그렇게 시작된 몰려다님은 분명 타인의 시선을 찌푸려 트리는 모습이었을 텐데도 그땐 그냥 그게 좋았다. 지금 생각해보니, 나는 나의 부족의 결핍을 으스댐으로 감추려 스스로 '힘'이라는 보임에 기대지 않았나 싶다. 중학교 2학년이 되던 해 잘 기억나지 않지만 한 선생님께서 수업 시간에 자지 말고 나가서 학교 주변에 쓰레기를 주우라고 말씀하셨고 그때부터 나는 학교에 출근? 하면 교무실로 가 포대자루와 집게를 들고 학교 주변을 청소했는데 같이 잠을 자던 친구 몇몇과 함께 다녔다. 사실 나는 쓰레기를 줍는 척 흉내만 내다 오락실로 향했지만 말이다. 어머나! 그러고 보니 내가 지금 쓰레기를 주우며 산을 청소하고 다니는 시간이 그때의 벌이란 말인가? 뭐 그래도 이런 벌이라면 실컷 받아도 행복하다.

아무튼 어린 시절 '방황'했던 나는 지금, 삶의 올바른 '방향'에 대해 찾아 가는 중이다. 그렇게 두려움에 차던 숨까지 밀어 내고 서둘러 끝내려던 산행은 두발을 땅에 붙지 못하게 뛰듯이 걷게 했고 무사히 정상에 도착했다. 그곳에서 바라보는 풍광은 두려움을 이겨 내고 마주해서인지 너무도 아름다웠다. 구름에 가려 저물어 가는 해에 은은함과, 비가 많이 내려 불어난 물에

S자로 흐르는 금강에 힘찬 물결, 뛰듯 올라와 젖은 옷과 얼굴에 맺힌 땀을 식혀 주는 시원한 바람까지, 두려움을 이겨 내 얻었던 큰 보상이었다. 하지만 몸을 흔드는 강풍과 언제 쏟아질지 모르는 비, 천둥번개가 무서워 땀이 마르기도 전에 즉시 하산을 시작했다.

올라갈 때 두려움에 놓쳤던 쓰레기들이 곳곳에 보였다. 역시 두려움을 이겨 내려 서두르면 놓치는 게 생긴다는 것을 깨닫고, 무엇을 이겨 내는 과정 끝에 놓친 것을 찾아 보완해야 안정적인 성장이 가능하다는 것을 배우며 아스팔트를 밟고 나서야 안도에 숨을 쉬었다. 하지만 금강 위로 만들어진 다리를 걸으려는데 오를 때보다 더 많이 불어난 금강의 수위와, 몸이 휘청거리는 강풍에 긴장은 계속됐다. 어릴 때는 비가 올 때마다 많은 양이 쏟아졌고 특히 장마 때는 내린 비가 무릎까지 올라와 동네 곳곳이 유실되어 도로 위로 물과 함께 나뭇가지, 플라스틱 등이 떠 내려와 위험하기도 했다. 마찬가지로 겨울에 오던 눈도 동네 길이 쌓인 눈으로 전부 놀이터가 되어 도로는 온통 썰매를 끌고 타는 아이들로 넘쳐 났는데 눈이 많이 오던 날 학교를 갈 때면 추운 손을 장갑으로 꽁꽁 싸매고 주머니에 넣었다가 손이 시리면 꺼내 장갑 사이에 호~ 하며 입김을 불어넣고 주머니에 넣기를 반복했다. 비도 눈도 많이 왔던 그 시절, 비는 가끔 학교를 쉬게 해 주어 좋았고 눈은 발이 닿는 모든 곳을 놀이터로 만들어 주어 좋았던 기억으로 걸어 무사히 주차장에 도착해 산행을 마쳤다.

새벽 3시, 지금까지 산행 중 가장 가까운 경기도 안성에 있는 청량산 주차장에 도착했다. 선선하게 불어오는 가을바람과 공기가 참 좋다. 힘들지 않은 능선에 오르막을 천천히 걸으며 중간중간 만들어 놓은 벤치를 본다. 좋은 사람과 앉아 자연 경치를 풍경 삼아 도란도란 얘길 나누면 좋을 것 같은 풍경이다. 걷다 보니 갈랫길이 나와 고민하다 조금 더 오르막으로 향하며 내가 한 선택이 맞는 거겠지?라는 의심 반, 확신 반으로 걷는데 결국 두 길은 만나게 된다. 어떤 분야에서의 성공도 반드시 한 가지 방식만 존재하는 것이 아니며 각자의 방식과 경험으로 인해 그 방법이 달라질 수 있다는 것을 되새긴다. 물론, 이 길처럼 만나는 길이 아닌 경우 즉, 잘못된 판단과 방법이 될 수도 있기에 각자의 방법보다 먼저 다녀간 산객들에 시그널을 보고 길을 찾는 것과 같은 멘토를 만나 올바른 선택과 방법을 배우는 것이 더 중요하다는 사실도 함께.

정상을 300m 남겨 두고 급경사와 완경사가 나온다. 급경사를 올라 완경사로 내려오기로 하는데 낮은 산 높은 산이 어디 있나, 내 발에 각도는 80도 꺾여 차는 숨으로 한발 한발 천천히 내딛고 있다. 산을 오르는 이유 중에 하나가 바로 지금처럼 어려움과 힘듦을 극복하고 정상을 만나는 '해냄의 미학'이다. 중학교 때 축구, 육상, 농구, 달리기 등등 모든 운동에서 두각을 나타내던 친구가 생겼다. 그 친구 집은 우리 집에서도 오르막으로 한참을(1시간) 걸어야 도착할 수 있었는데도 기어코 그 길을 걸어갔던 이유는, 9남매였던 친구 집은 누나들이 전부 어머니처럼 밥과 라면도 잘 차려 줬고, 친구 방, 아니 정확히 말하면 친구와 형 서너 명이 함께 쓰던 방에 비디오가 있어 형들이 빌려 온 영화를 보기 위해서다. 이쑤시개 형님, 그 시대 남자들의 로망 주윤발에 영웅본색 시리즈를 보다 인기척이 들리면 화들짝 놀라 불을 끄고 자는 척을 해야 했지만. 그런 우리가 불쌍?했는지 둘째 형은 큰형이 오기 전까지 시청을 허락했다. 물론 그가 오면 자는 척을 하라고 말하며. 이처럼 원하는 것은 그만큼에 노력이 필요하고 애써 이룬 것 같아도 때론 내 것이 아님과, 노력한다고 해서 다 가지거나 이룰 수 없다는 건 내가 어린 시절 걸었던 길에서 배워왔음을 되새기며 정상에 도착했다.

닫혀 있던 내 입은, 가을이 느껴지는 높은 하늘과 반짝이는 별들에 우와!라며 저절로 열렸고, 마치 영화에 나올 법한 멋진 하늘에 쉽게 고개를 내리지 못했다. 중학교 2학년이 되던 해 우리 집에서 10분 거리, 그것도 학교를 오가는 길에 비디오 가게가 생기면서 나와 형의 원성은 극에 달했고, 드디어 우리 집에도 비디오가 생겼다. 최신작이나 인기에 따라 차이를 보이던 비디오테이프 대여료는 2천 원에서 3천 원으로 꽤 높았는데 오래된 영화일수록 가격이 낮아져 오백 원에도 빌릴 수 있었다. 그러나 벽면에 진열된 최신작에만 눈이 휘둥그레졌던 건 나뿐만이 아니었고, 그렇게 고르고 고른 비디오 하나를 빌리려면 첫 단계는 비디오 갑 안에 비디오가 있어야 하는데 없으면 다른 걸 골라야 했고, '사장님께 이거 언제 들어와요?'라고 물으면, 운이 좋은 날엔 좀 전에 받아 정리 중이던 비디오테이프를 들어 보이시며 '그거 여기 있다.'고 말씀하시는 날도 가끔 있었다. 어쨌든 그것을 빌리기 위해서는 개인정보를 낱낱이 적어야 하는, 사장님의 철통방어를 넘어서야만 했다. 최신작이나 인기작은 다음 날까지, 오래된 건 3일 정도 소장할 수 있었는데 매번 반납해야 하는 날에 하루, 이틀이 지나 가게에서 온 주인 전화를 받고서야 부랴부랴 테이프를 들고 달려갔다. 하루하루 쌓여 간 벌금에 당황하지만, 죄송함의 표현에 따라 벌금이 낮아진다는 걸 알았던 나는 '죄송합니다.'를 수십 번 외쳐 최저 금액으로 협상에 성공해 잠깐 기분이 좋아지지만, 협상 후에야 눈에 들어오는 최신작과 인기작에 저 돈이면 지금 보이는 영화를 볼 수 있다고 생각하니 이내 아쉬운 마음에 그쪽을 서성이다 씁쓸한 마음으로 집에 돌아왔다. 하지만 집에서도 '죄송합니다.' 2차전이 기다리고 있었는데, 안 써도 되는 돈을 썼다며 엄마에게 혼나던 시절이 떠오르니 그땐 부모님께 죄송할 일이 너무 많았단 생각에 그 시절에 어머니에게 미안함과, 재밌게 비디오를 보던 모습을 회상하며 흐뭇한 마음으로 하산했다.

7. 김치찌개와 제사상

새벽 1시, 집에서 210km 떨어져 있는 양구 봉화산으로 출발했다. 장거리 산행은 떠날 때는 설렘, 돌아오는 시간엔 깨달은 것을 되뇌는 배움과 성찰이 함께한다. 휴게소에서 커피를 사는데 식당 메뉴에 돼지고기 김치찌개가 눈에 들어왔다. 내겐 형이 한 명 있는데 어릴 때 부모님이 일하러 가시면 가위, 바위, 보로 밥 차리기를 하곤 했다. 사건이 있던 날엔 돼지고기 김치찌개를 끓여 놓고 나가셨는데 밥을 차리러 간 형이 꽤 긴 시간 오지 않아 부엌으로 가 보니, 글쎄 돼지고기만 쏙쏙 빼서 골라 먹는 것 아닌가!? 발각된 순간, 엉켜 붙어 파이팅을 했지만 태권도고 뭐고 나보다 5살 많던 형을 어찌 이길 수 있겠는가, 내 눈이 밤탱이가 되어 한없이 울고 나서야 싸움이 끝났다. 이길 수 없다는 걸 알면서도 곧장 달려든 건 가끔 먹던 고기가 들어간 찌개였기도, 그마저도 넉넉지 않던 고기 때문이다. 음식 이야기가 나오니 생각난 내가 자주 해 먹던 음식이 있는데, 반찬이 필요 없던 간장 계란 비빔밥이다. 가끔 옵션이 추가되는데 맛이 아주 환상적으로 변하는 '버터'다. 뜨듯한 밥에 버터를 비비고 계란과 간장을 투하해 사정없이 비벼 입으로 가져오면 끝이다. 어떤 날은 버터가 없었고, 어떤 날엔 계란이 없었지만 뭐 하나가 빠져도 맛은 좋았다. 아! 그리고 가끔 가스가 다 떨어져 프라이를 할 수 없으면 생달걀에 밥을 비빈 뒤 그 위에 아껴 먹어야 한다는 말에 조심스레 두 방울을 떨어뜨려 비벼 먹던 참기름도 생각난다. 아쉬움보단 허기를 채워야 했고 최대한 맛있게 먹어야 했기에 그조차도 맛있었다. 지금도 가끔 해 먹지만 그때 그 맛이 나지 않는 건 어떤 이유일까 생각해 보니, 버터도 계란도 냉장고에 늘 배치되지 못하던 '귀함'이었나 보다. 지금은 냉장고에서 언제든 꺼낼 수 있지만, 그때는 계란이 있을까? 라는 생각으로 냉장고를 열었으니까. 심지어 참기름은 다 먹고 빈병이 되었어도 물을 붓고 흔들어 몇 번을 더 먹었으니 말이다. 언제나 돼지고기 김치찌개와 가끔 비빔밥 위에 놓인 계란, 참기름 냄새를 맡을 때면 그때 그 맛에 그리움이, 계란 하나와 버터, 참기름에 세상 행복해하던 모습이, 형과 파이팅 하던 추억에 웃음 짓곤 한다.

그렇게 3시간 30분을 달려 국토 정중앙 천문대 주차장에 도착했다. 아스팔트를 따라 걷다 등산 안내도 앞에서 코스를 확인하고 본격적인 등산로로 산행을 시작한다. 양구 봉화산은 국토에 정중앙이다. 그곳을 걷는다고 생각하니 가슴 깊은 곳에서 뜨거움이 느껴졌다. 곧 한반도의 배꼽점인 정중앙 지점에 도착하니 회오리를 닮은 듯 웅장한 조형물이 보인다. 의미가 있는 곳인 만큼 한 번쯤 아이들과 와도 좋을 것 같다. 힘들지 않게 20분이면 충분하니 말이다.

관리를 잘 해서 그런지 등산로가 깨끗했다. 다시 정중앙봉을 향해 걸음을 옮기자 가파른 계단에 오르막이 이어졌지만, 중간중간 나무 틈 사이로 보이는 야경과 이따금씩 불어오는 바람에 응원으로 몰아치는 숨을 고르며 정중앙봉에 도착했다. 잠시 앉아 쉬는데 국토에 중앙을 걸으니 어린 시절 놀던 땅따먹기가 떠오른다. 학교, 놀이터, 집 앞, 어디서든 가능했던 땅따먹기 놀이방식은 심플했다. 특정한 영역 안에서 플레이어 각자의 기반이 되는 영역을 지정하는데, 이때 엄지를 기점으로 검지를 이용하여 컴퍼스로 원을 그리듯 자신의 영역을 만든다. 그리고 각자에 돌을 위치시킨다. 이 게임에서 가장 중요했던 key는 돌이다. 돌을 잘 골라야 원점회귀를 할 수 있기 때문이다. 그러나 돌을 잘 골라도 실제 게임에서는 욕심을 부리지 않는 게 더 중요하다. 세 번, 또는 네 번(게임 전 협의) 손가락으로 튕긴 돌이,

본인 땅으로 돌아오지 못하면 졌으니까. 놀이에서 이겨도 곧 지워지던 땅따먹기는 사전 준비력(돌)과 실전 기술력(손가락), 그리고 과정에서 과한 욕심을 부리면 안 된다는, 게임이나 놀이가 아니라 아주 좋은 교육 프로그램이 아니었나 하는 생각이 든다. 어차피 이겨도 져도 그 땅은 내 것이 아니었으니 말이다. 여하튼 돌 하나만으로도 신나게 놀던 소소한 시절을 추억하며 봉화산 정상으로 향했다.

걷다 보니 등산화에 뭔가 들어와 불편해 신발을 벗어 보니, 작은 돌이 하나 들어가서였다. 초등학교 시절 양말을 신으려면 몇 개는 구멍이 나 있거나, 구멍 나기 직전으로 많이 헤져 있었다. 대부분 엄지발가락 쪽으로 났는데 반대쪽 새끼발가락 쪽으로 바짝 붙여 신고, 엄지 쪽을 구멍이 난 방향으로 당겨 바닥으로 향하게 해 감추고 다녔다. 그러고 보니 초등학교 때 새 양말을 신어 본 기억이 없어 '에이 정말 그랬을까?'라는 의문이 들지만, 그게 뭐가 중요한가라며 그저 웃어 본다.

애써 올라온 만큼 고스란히 내려가는 내리막에 언제까지 내려가야 하나라는 의문이 들 즈음 오르내림과 능선이 반복됐다. 두 번째 만나는 철탑 아래로 우거진 숲을 헤쳐 나와 돌아보니,

빛나는 별들과 탑 위로 반짝이는 붉은빛이 어우러져 마치 에펠탑처럼 멋지고 아름다워 잠시 멈춰서 멍하니 바라봤다. 강원도에 있는 다른 산과 달리, 능선 우측 나무 사이로 보이는 양구의 밤을 비추는 형형색색의 불빛이 불안함을 달래 준다. 어린 시절 겨루기 대회를 나갈 때 같은 체육관에서 여러 명이 좋은 성적을 거둘 때면, 성적을 거둔 수보다 많은 인원이 체육관 한쪽에 자리 잡고 목이 터져라 응원을 보냈는데 경기 중에 어느 순간 그 소리가 들리면 왠지 모르게 힘이 나서였던 것 같다. 반대로 대회에 참여한 인원이 적을 때는 상대적으로 성적이 좋지 못했는데, 아마도 그건 작은 응원 소리엔 외로움이, 큰 소리엔 함께라는 힘이 적용되었기 때문인 것 같다. 우린 일반 체육관에서 나간 거지만 다른 데는 ○○중학교라고 해서 체육이나 태권도에 특화된 학교였기에 더 많은 인원이 체육관을 시끄럽게 만들었다. 기술이나 실력 차이도 있겠지만, 그보다 기에 눌려서 졌다고 느꼈으니까. 지금 보이는 저 빛과 별이 나무에 가려 뚜렷하지 않아도, 외롭지 않다고 느끼는 감정과 그때 체육관을 가득 메우던 응원에 목소리와 닮았다. 능선에 잠시 멈춰 고개를 들어 보니 겹겹이 쌓인 가지 사이로 반짝이는 별이 마치 크리스마스트리처럼 예쁘다. 그렇다, 나는 지금 혼자가 아닌 별과 함께 걷고 있다.

정상 1.5km를 남기고 고도를 올리기 시작했지만 등산할 때 일정 시간이 지나면 오르막에 속도도 붙고, 숨도 덜 차는 걸 느끼는데 아무래도 근육도 산행에 적응되는 시간이 있는 듯하다. 드디어 도착한 주능선에는 기암괴석과 큰 소나무가 보이고 위로는 초승달이 예쁘게, 아래로는 양구에 멋진 야경이 힘들었던 산행을 지우고 희망으로 채운다. 봉화산에 특징은 도자기로 된 정상석과 봉수대다. 도자기에는 '국토 정중앙 양구 봉화산'이라고 쓰여 있고 도자기 밑으로 마중 나온 하늘소 수십 마리가 나를 반겼다. 이곳은 밀려오듯 한 운해가 유명해 많은 사람이 찾는 명소지만, 새벽 2시가 조금 넘은 지금에 조망과 야경도 멋져 운해 없이도 아름다운 곳이다. 그렇게 시원하게 불어오는 바람에 땀이 다 날아갈 즈음, 하산을 시작하는데 정상부에는 특이한 기암괴석이 많았다. 그중에 평평한 돌을 보니 우리 학교 뒷산, 걸어서 약 10분 정도면 도착하는 곳에서 친구들과 돌로 양쪽을 받치고 공간을 만든 뒤 그 위에 네모반듯한 돌을 올려 장작을 때고 돌이 뜨겁게 달아오르면, 돈을 모아 사 왔던 삼겹살을 올리고 곧 지글지글 소리에 행복이 몰려왔다. 중학교 때 우린 된장, 고추장이 아닌, 초고추장에 삼겹살을 찍어 먹었는데 그 맛이 정말 일품이다. 아직도 나는 가끔 초고추장에 삼겹살을 먹는데 아직 그 맛 그대로다. 뜨겁게 달구기 위해 장작을 때려 계속해서 나무를 넣으면 부서지는 나무에 숯이 반짝이던 것처럼 별은 무조건 하늘이 맑아야 아름답다고 생각했던 기준이 깨졌다. 그 이유는, 하늘을 유랑하던 구름 뒤로 빛나는 흰색별이 오늘은 더 예쁘게 보여서다. 그렇게 중간중간 고개를 들어 흰 별을 바라보고 가려짐의 미학을 느끼며 다 보이는 것이 중요한 것이 아님을 깨닫고 주차장에 도착했다.

220km를 달려와 집에서 휴식을 취하고 오후 4시, 청주에 있는 성불산으로 떠났다. 식사 때가 되어서인지 휴양림에는 저녁을 준비하는 소리와 웃음소리가 들려와 덩달아 나도 피식하며 웃어 본다. 잔잔한 호수에 다리를 지나 오르막 경사에 금세 차는 숨을 달래며 천천히 오른다. 1봉을 얼마 남겨 두지 않고 바람의 인사를 받지만, 쉽게 보여 주지 않는 1봉을 찾으러 길을 잃고 같은 길을 2번이나 오가며 찾고 있다. 가파른 오르막을 치고 나가야 했고, 등산로가 선명하지 않아 밤에 왔다면 두 번이 아니라 몇 번을 계속해서 잃었을 것 같다는 생각에 그나마 다행이라 여기고 차는 숨을 몰아내며 천천히 걸었다. 간간이 부는 가을바람이 흐르는 땀을 식혀 줄 정도는 아니었지만 어떤 것이든 끝이 있단 걸 알기에 힘듦도 곧잘 밀어 낸다. 드디어 1봉에 올랐다. 격하게 맞이하는 바람과 탁 트인 풍광은 세상을

다 가진 것만큼의 행복을 안겨 준다. 1봉에서 바라본 2, 3, 4봉이 월악산을 떠오르게 했고, 능선에 멋지게 자란 소나무 사이로 고목이 많아 지나온 날과 지나갈 날, 삶과 죽음에 대해 고찰하며 2봉으로 향했다. 나는 죽음에 대해 부담스럽게 받아들이지 않고 언제나 삶과 죽음은 지금의 경계에 있다고 생각한다. 언젠가 죽는다는 것을, 그리고 그게 오늘이 될 수도, 내일이 될 수도 있다는 것을 받아들이면 지금에 최선을 다하게 되어, 그것으로부터 감사에 대한 진정한 행복을 느낄 수 있어서다. 그래서 지나는 고목들에게 '애썼어.'라며 2봉으로 향하는데 성불산 주능선에는 누워서 자란 나무가 많았다. 바닥에 몸을 대고 가지를 위로 올리는 모습에서, 몸을 바닥에 대고 두 다리를 하늘로 들어 올리거나, 등을 대고 빙그르 돌며 추는 브레이크 댄스가 떠올랐다. 내가 초등학교 5학년 때, 혜성처럼 나타난 서태지와 아이들은 내 마음만 흔든 게 아니라, 내 허리와 팔다리까지 흔들어 놓았다. 친한 친구 셋이 자주 만나 같이 추다가 6학년 여름, 어디선가 들었던 서울에 ○○ 쇼핑몰에 가면 그들의 공연을 직접 볼 수 있다는 말에 스피커가 장착된 친구에 빨간색 카세트 플레이어를 들고 기차에 올라 무작정 서울로 떠났다. 지금은 기억이 희미하지만 무슨 쇼핑몰 근처였는데 당시 최고의 인기를 누리던 서태지와 아이들이 야외 행사장에서 행사할 일은 만무했고, 우린 그냥 기찻길에 울리는 카세트 플레이어에 신나게 춤을 추며 놀다가 집으로 돌아왔다. 그때까지만 해도 서울은 그냥 하나의 동네인 줄 알았으니 순수했던 건지, 막무가내였던 건지, 아무튼 처음 기차에 올라 서울로 향하던 패기에 웃으며 2봉에 도착했다. 월악산과 마찬가지로 1봉에서 바라볼 때 비슷해 보이던 2봉에서 바라본 1봉은 2봉보다 훨씬 낮았다. 다시 3봉으로 가기 위해 내리막을 지나 걷는데 노을이 지는 하늘에 금빛이 물들기 시작했다. 3봉에 도착하자 360도로 펼쳐진 조망과 산 그리메에 우와!를 연발하다가 곧장 정상으로 이동했다. 3봉에 설치된 나무 데크와 주변 경관을 설명해 놓은 안내판을 보고 이동했기에 정상에 조망이 없을 수 있겠다 예상하고 왔는데, 역시나 정상은 나무에 가려 조망이 없었다. 금세 어두워져 랜턴을 켜고 하산을 시작했다. 오를 때와 다르게 자연휴양림 임도로 나와 걷는데 곳곳에서 고기 굽는 냄새와 도란도란 대화 소리가 들려와 나도 어서 집에 가서 사랑하는 가족과 맛있는 걸 먹어야지 하면서 주차장에 도착했다.

집에 도착해 휴식하고 새벽 1시, 동탄에 있는 무봉산으로 향했다. 낮지만 오르내림이 있고, 어제 장거리 운전과 두 개의 산을 올라서인지 단단해진 종아리가 자꾸만 걸음을 세워 쉬엄쉬

엄 걷는데, 정상을 앞에 둔 주능선에서 나무와 나무 사이로 막걸리와 각종 음료를 걸어 두고 테이블과 의자를 놓고 장사를 하는 곳이 보였다. 세상에 나무에 줄을 묶어 매출 광고를 하다니. 속이 상한 채로 정상에 도착하니 이건 또 무슨 일인지 정상석이 있는 나무 데크가 난리다. 4, 5개의 텐트가 점령한 것이다. 본인만의 감성을 느끼는 것도 중요하지만 텐트 주변으로 보이는 쓰레기까지, 이건 좀 아니지 싶었다. 그러나 잠이 든 그들을 깨울 수도, 깨운다고 해결되는 것도 아니기에 돌아서 하산했다. 중학교 때 자주 가던 친구 집에 어느 날 만나기로 했던 시간보다 일찍 도착한 날이 있었는데, 워낙 친해서 부모님도 자주 뵈었고 그 집에서 밥도 자주 먹었기에 코로 들어오는 갈비 냄새와 온갖 음식 냄새를 참고 견디기 힘들었다. 배가 고픈 나머지 주방에 들어가 허겁지겁 음식을 먹고 있는데 친구 어머니께서 '너 지금 뭐 하는 거니.'라고 하시며 당장 나가라고 하셨는데, 당황한 나는 그 이유를 친구에게 들을 수 있었다. 그냥 음식이면 괜찮았는데 제사를 지낼 음식이었다고 했다. 곧장 찾아가서 죄송하다고 수십 번을 조아리며 용서를 빌었는데 괜찮다고 하시면서 친구와 놀고 있던 나에게 밥을 먹고 가라고 하셨고, 그렇게 나는 그 어느 때보다 맛있는, 갈비가 메인이 되어 차려진 진수성찬에 식사를 하고 돌아왔다. 가끔 편해지면 내 것처럼 행동하고 그래도 되는 줄 아는 사람이 있다. 물론 나도 한때 그랬고, 지금도 그럴 때가 있을 수 있겠지만 그래도 최소한의 예의와 기본은 지키려 노력한다. 친구도 그립지만, 그날 수라상을 잊지 못하기도, 따뜻했던 친구 어머니의 미소도 그리워지는 시간에 그들에 건강과 행복을 기원하며 산행을 마쳤다.

저녁엔 충주에 있는 옥마산을 찾았다. 매주 다른 산을 찾다 보니 주차 위치, 등산로 등을 물으면 좋으련만 마땅히 물어볼 곳이 없으니 언제나 직접 찾아봐야 한다. 그러고 보니 나 어릴 때는 114로 전화를 걸어 무엇이든 물어보면 대부분 해결됐었는데, 물론 중국집 전화번호를 찾으려 쓰던 게 주요 질문이었지만, 때론 친구 집이나 다른 지역에 누군가를 찾는 데 사용하기도 했다. 지금은 대화로 궁금함이 해소되는 것보다 인터넷을 통해 해소되는 시대다 보니 대화가 줄어든 주된 이유가 되었다. 수많은 정보를 빠르게 얻지만 입이 점점 무거워지고 감사와 고마움이 오가는 말 수가 줄어든 것은 참 아쉽다.

주차장에 도착해 어렵지 않은 길을 걷기 시작했다. 20분 정도 편한 길을 걷다 너덜 길에 오르막을 오르면서 자연스레 역시 '힘들지 않은 산은 없구나.'를 되뇐다. 근처에서 동물?이 빠르게 지나는 소리가 들려 흠칫했지만 이어지는 비슷한 소리에 확인해 보니 바람에 낙엽이 떨어져 나무에 부딪치는 소리였다. 옥마산 등산로 주변에는 두꺼운 소나무, 내 몸에 두 배 정도 되는 통나무가 많았는데 내가 중학교 3학년이 되던 해 드디어 동경하던 선배들처럼 교복 바지 통을 넓힐 수 있게 됐다. 시내에 가면 고급 맞춤복 가게가 있었는데 그곳에서 교복과 같은 색상을 선택하고 치수를 잰 뒤 발목 쪽 통을 내 허리가 들어갈 정도로 넓고 크게 맞췄다. 그 옷은 3학년, 그 학년 중에서도 조금 논다?는 친구들만 입었는데 으스댐보다 보임에 더 집착하게 되던 때가 아닌가 생각된다. 어린 나이 치고는 특이? 특별?했던 내 모습이 타인의 시선에 부담스럽고 불편하게 비쳤을 수도 있었겠지만 내 스스로 그 시절 그 모습이 좋았고 지금도 좋다. 남들 눈에는 특이했지만, 스스로는 특별하다고 믿었던 시간들 속에서 개성이 만들어졌고 남보다 조금 더 나아야(잘 살아야, 잘해야) 한다는 가치관이 만들어졌다고 믿기 때문이다. 중학교를 졸업하던 해, 벗어진 통바지는 제일 좋아하던 후배에게 물려주고 고등학교에 입학하면서 다시 줄어든 바지를 입게 되면서 늘 좋은 것만 하고 살 수 없다는 것까지 배웠던 학창 시절에 교복 바지가 떠오른다.

약 30분 뒤 능선이 나오는 줄 알았지만, 임도를 가로질러 다시 가파른 지그재그에 오르막을 올라야 했다. 그런데 아까부터 들리는 이 소리는, 나 때문인지 모르지만 시끄럽게 짖어 대는 강아지 소리다. 어릴 때 우리 집도 강아지를 키웠는데 흰 눈이 쌓인 어느 날 나타나 눈에 굴러다니던 진돌이와 진순이다. 태어난 지 고작 두 달 정도 된 하얀색 진돗개 두 마리는 흰 눈 위에 까만 눈망울만 보인 채로 걸어 다니거나 굴러다녔고, 그 아이들이 금세 커서 둘이 싸우기 바빴는데 자동적으로 나도 빗자루와 물을 들고 말리러 뛰어다니기 바빴다. 지금은 아파트에 살고 있어 눈이 와도 집에 들어가면 눈이 계속 오는지, 그쳤는지도 잘 모르지만 그땐 주택이라 눈이 오면 놀기 바빴고, 쌓인 눈은 집 전체를 하얗게 만들어 어수선하고 오래되었던 우리 집을 예쁘게 만들어 주어 좋았다. 바람이 느껴질 때마다 앞길을 올려다보지만 나무 사이를 비집고 찾아온 바람일 뿐, 오르막 끝은 보이지 않았다. 출발한 지 약 1시간이 지나 주능선에 도착했는데 어마어마한 규모에 조형물이 설치되어 있고 발아래를 비추게 설치된 불빛에 랜턴을 끄고 빙글빙글 돌아 그 위로 오르니 화려하게 빛나는 보령의 야경과 가을바람이 나를 맞이했다. 다시 아래로 내려오니 넓은 패러글라이딩장이 나오고 그 아래로 내 키의 두 배만 한 옥마봉이 우뚝 서있다. 조금 더 위로 올라 정상에 도착했는데 철탑 펜스와 관리가 안 되어 무성하게 자란 풀에 얽힌 나뭇가지로 많이 아쉬웠다. 돌아서 하산을 시작하는데 우측 나무 사이로 빠르게 지나는 먹구름이 보여 곧 비가 올 것 같아 발길을 재촉했다. 임도를 걸어 성주산 일출 전망대에 도착하니 일출 전 비치는 여명에 핑크빛 하늘과 구름이 황홀했다. 그렇게 40여 분을 기다려 붉게 떠오르는 해를 바라보고 주차장에 도착해 집으로 향한 지 5분, 억수로 쏟아지는 비에 산에게 감사하다고 말하며.

8. 거스름돈과 노래방

토요일 오후 4시에 출발한 차는 고속도로 입구부터 멈춰 있다. 입구를 지나면 나아지겠지란 기대는 도로를 가득 메운 차를 보고서야 내려 둔다. 반대편에 2층 버스가 지나가는데 내가 학창 시절 때는 버스비를 돈으로 계산해도 됐지만 언제나 회수권 한 달치, 대략 40개 정도를 구매해 그것을 내고 다녔다. 회수권을 산다고 받은 돈으로 샀던 회수권을 어머니에게 확인시켜 드린 뒤 다른 용도로도 사용했는데, 친구들과의 내기다. 각자 엇갈리는 의견이 생기면, 합의된 회수권을 걸고 내기를 해 따기도, 잃기도 했으니 때론 시일보다 빠른 회수권 비용을 달라고 하면, 어머니께서는 지난번 회수권이 아직 남아 있어야 하는데 왜 없냐고 물으시곤 했다. 많이 따면 50%에 되팔아, 먹고 싶던 것을 먹기도, 갖고 싶은 것을 사기도 했다. 그래서인지 성인이 된 아직까지도 확실한 쪽이 아니면 선택하지 않는지도 모르겠다. 아니, 정확히는 확실한 쪽이 되도록 만드는 의지가 생겼다고 해야 할까. 당시 회수권은 10장씩 붙어 있었는데 조금 짧게 잘라 11장을 만들어 버스비 통에 넣고 빠르게 지나거나, 회수권을 들고 있는 또래 아이들이 보이면 뒤로 가 앞사람이 넣을 때 함께 넣고 사람들 속으로 숨어 들어갔다. 다 쓰고 없을 때는 동전으로 냈는데 50원이면 40원을, 80원이면 10원짜리로 바꾸어서 60원 또는 70원을 넣고 통과하기도 했다. 이따금씩 100원짜리를 넣고 500원짜리 몇 개가 보이면 그냥 서 있다가 버스 아저씨에게 되려 '저 500원 넣었어요, 거스름돈 주셔야죠?'라며 건넨 말에, 100원짜리 넣은 거 아니냐고 하시면 우기고 우겨 결국 마지못해 거스름돈을 받기도 했고, 회수권과 비슷한 종이를 같은 크기로 오려 연필로 그림을 그렸던 적도 있었는데 당시 그걸 썼는지는 기억나지 않는다. 당당했던 건지, 없는 형편이라 뭔가 얻어 내는 데 머리가 집중했던 건지 모르지만 버스 하나의 추억에 그저 옛 기억이 즐겁기만 하다. 물론 회수권과 동전이 없을 때면 학교에서 1시간 거리에 집을 터벅터벅 걸어 다녔지만, 멀다고 투정 부린 날은 없었다. 내가 다 써버린 게 이유였으니까. 오랜만에 밝은 때 산을 오를 수 있겠단 생각에 긴장한 이유는, 따갑게 비추는 햇살이다. 서둘러 선크림을 찾아 멈춰진 도로에서 듬뿍 바르니 긴장도 함께 사라졌지만, 내 차는 65km를 3시간이 지나 해가 저문 7시에 도착했고, 발랐던 선크림은 쓸모가 없어졌으니 이런 상황이 그저 재밌고

웃겨 실소하며 수리산 종주를 시작했다.

조금 오르니 등산로 입구에 캠핑장이 보이고 저녁 준비와 식사가 한창이다. 내가 중3 때, 학교에서 여름캠프? 같은 걸 갔는데 캠프가 아니고 무슨 정신교육을 하는 수련회였던 것 같다. 마지막 날 저녁엔 장기자랑이 있었는데 거기서 나는 고음을 높이려 오른쪽으로 머리를 기울이고 왼쪽 목에 핏대를 세우며 따라 부르던, 김정민의 슬픈 언약식을 불렀고, 솔직히 잘 기억나지 않지만 반응은 폭발적이었다고 해 두련다. 아직도 가끔 노래방에 가면 그 노래를 부르곤 하는데 목과 머리에 자세는 여전해서 그런지 그때 수련회가 기억나곤 한다. 수련회와 캠핑은 다르지만 어쨌든 둘 다 자연에서 즐긴다는 것은 같다. 이렇듯 많은 사람들이 이따금 자연에서 쉼과 여유를 찾는다. 그 시간이 더 많아지면 좋으련만 아등바등 사는 시간에 여유를 찾는 게 아닌, 부린다고 생각하는 사람들도 많은 걸 보면 도심의 건물 사이사이에 자연을 체감하는 곳을 조성해 많은 사람이 자유롭고 편안하게 자연과 마주하는 시간을 늘리려는 사회적 노력이 필요하다고 느끼지만, 이미 땅은 돈을 수거함에 쓰이고 있으니 그마저도 쉽지 않아 아쉽기만 할 뿐이다. 10분쯤 오르니 캠핑장이 멀어지며 고요해졌다. 나는 이 고요함이 참 좋다. 아무 소리도 들리지 않는 시간, 간간이 부는 바람에 낙엽이 여행가는 소리와 내가 살아 있음을 느끼게 해 주는 숨소리, 가끔 보이는 하늘에 달과 별은, 환하게 보이지 않아도 내겐 세상에서 가장 아름다운 풍경이다. 40분 뒤 첫 목적지인 관모봉에 도착했다. 화려하게 빛나는 안산에 야경과 S자로 휘어진 도로에 차들이 달리는 모습까지, 오늘은 시야가 좋아 야경을 제대로 만끽할 수 있어 고맙다. 다시 태을봉을 넘어 슬기봉으로 가는데 이건 내리막이 거의 하산 분위기다. 산 아래 평지에 닿겠다고 느낄 때 즈음, 이윽고 다시 오르막이 시작되고 그 끝의 능선에 도착하니 병풍바위라는 말이 단번에 떠오를 만큼 신기하고 신비한 바위들이 능선을 이루고 있었다. 저 멀리 보이는 봉우리 주변으로 반짝이는 빛이 아마도 수암봉인가 싶었지만 가까워질수록 슬기봉의 군부대시설임을 알게 되었다. 야밤에 봉우리는 모두가 어두운데 화려하게 비추는 조명에 슬기봉은 휘황찬란했다. 그러고 보니 중학교 때 학교 앞 오락실에 코인 노래방이 있었는데 맨 뒤쪽으로 가 구석진 문을 열면 딱 두 명 정도 들어갈 수 있었다. ㅇㅇ중, ㅇㅇ고, 같은 이름을 쓰는 중, 고등학교다 보니 두 학교가 붙어 있어 고등학생이 진을 치고 있으면 우리는 엄두도 내지 못했지만 수업 시간에 쓰레기를 주우러 나오던 시간은 우리 세상이었으니 그때 신나게 불렀다. 이따금

학생주임 선생님께 걸리면 꿀밤을 얻어맞고 나와야 했지만, 그곳에서 지금 직원들과 친구들, 지인들과 노래방에 가면 그래도 노래 좀 하는, 사회생활을 잘할 것 같은, 내가 만들어졌던 것인가. 그때 그 공간이 어두웠던 오락실 문을 열고 들어가 만나던, 지금 이 화려한 슬기봉과 닮았다.

슬기봉을 지나 '수암봉 가는 길'이란 이정표 안으로 들어가니 나무 계단으로 만들어진 터널이 시작됐다. 안산 수리산은 등산로 정비와 이정표가 아주 잘 되어 있다. 도심에 이런 산이 있다는 게 얼마나 큰 행복인가. 임도로 나와 '환영합니다.'라는 큰 문구가 써진 공군부대 정문을 뒤로하고 조금 더 걷자 수암봉 방향의 산길로 접어든다. '환영합니다.'는 학교에서 개학을 하거나 새 학기가 시작될 때 많이 보던 플래카드다. 나는 공부와 멀어서 방학이 끝나는 걸 싫어했지만 그래도 중간중간 그와 같은 일정이 있었기에 나름 버틸? 만했다. 시험기간을 기다리는 학생이 있었을까? 난 그랬다. 서둘러 답안지를 체크하고 선생님께 '저 다 풀었습니다. 나가도 될까요?'라며 씩씩하고 당당하게 말하던 학생. 그렇게 재빨리 시험을 마치고 나와 매점에서 시간 보내기를 반복하다 그날 시험이 다 끝나면 만세를 외치며 학교 밖으로 달려 나가던, 그래서 내게 '환영합니다.'는 긴장이나 걱정보다 즐거운 시간이 올 거란 기대감과 같게 느껴진다. 오늘 산행도 계단을 시작으로 능선의 오르내림으로 꼬깔봉과 부대옆봉을 지나 이제 종주의 마지막 봉우리만이 남아 있다. 주차장에 도착하면 내 차가 나를 환영한다고 말해 줄 것 같은 기분에 벌써부터 즐겁다. 부대에서부터 임도로 내려온 것만큼의 오르막을 넘어 이내 수암봉에 도착하는데, 놀라움을 금치 못하는 그야말로 최고의 야경이 펼쳐졌다. 시원하게 부는 바람과 눈앞에 보이는 안산의 조망이 정말 기막히다. 이곳에서도 아까 보았던 S자 도로가 보이는데 나는 다른 도로인 줄 알았지만 나중에 사진을 확인하니 내가 지금 서 있는 곳이 처음 오른 봉우리였던 관모봉의 조망에 반대였던 걸 알게 됐다. 어쨌든 관모봉보다 더 가까이 보이는 도로 위로 밤 10시, 늦은 시간임에도 연이어 달리는 차들을 바라보며 문득 중학교 때 친구네 큰형이 차를 샀는데 우선 이름이 멋졌다. Prince 프린스, 그것도 뉴 프린스였다. 당시엔 모든 사람들에 로망이던 차라고 생각했는데 그 친구 집에 친구들이 모일 때면 나는 어떤 차를, 쟤는 어떤 차를 살 거야 하며 서로 너스레를 떨었다. 그때 내가 타겠다고 했던 차는 얼핏 보면 프린스와 같지만 뭔가 더 고급스러움이 넘치던, 대우 브로엄이었다. 물론 내가 성인이 되었을 땐 위에 나열된 차들은 도로에 보이지 않았지만, 어른이 되어 멋진 차를 타겠다던 꿈만으로 얼마나 설레었는지 아직도 그때 해맑던 미소와 두근거림이 여전히 기억에 남아 있다.

수암봉에서 내려와 원점회귀를 하기 위해 임도를 따라 걸어 병목안 시민공원을 지나 주차장에 도착해 종주산행을 마쳤다. 어쩌면 어린 시절엔 어른이 되어 하고 싶은 것을 원하고 바라는 시간에 살고, 어른이 되어서는 어린 시절에 순수함을 추억하며 돌아가고 싶은 마음으로 사는, 서로에 시대를 원하는 오묘한 아쉬움이 남는 것이 바로 삶이 아닌가 생각하며 집으로 돌아왔다.

9. CD 플레이어와 삐삐

세종시와 공주시에 위치한 장군산을 찾아 영평사 주차장에 도착한 시간은 새벽 3시, 오랜만에 주차장에서부터 들리는 계곡 소리가 반갑다. 조금 걷다 보니 팻말이 나오는데 장군산 3.2km, 장군봉 2km, 연이어 나오는 팻말에 장군산은 보지 않고, 첫 번째 목적지인 장군봉만 보며 걷는다. 최종 목표를 두고 걸으면 남아 있는 거리가 근육에 부담스럽게 작용할 수 있기 때문인데, 이것은 꿈을 이루기 위해 노력하는 시간에 목표를 단계별로 나누어 지금 단계에 집중하는 것과 같다. 장군봉 0.8km를 남겨 두고 급경사에 오르막을 지나 능선이 나오는데, 걷다 보니 어두컴컴한 산에서 가장 자주 들리는 짐승소리인 고라니 소리가 들려왔다. 고함을 지르듯 똑같은 톤으로 캄캄한 산에 울리는 소리가 무섭게, 공격적으로 들리지만 실은 짝짓기를 위한 부름이라는 걸 알고서는 전혀 거부감 없이 내 길을 간다. 고등학생이 되면서 늘 형만 찾던 아버지가 드디어 나에게도 심부름을 시키고 집안일을 돕기를 바라셨는지 주말이 되면 어김없이 고라니가 짝을 부르듯 반복적으로 '성교야 성교야'라며 날 찾으셨다. 그와 같은 부름은 집 밖에서도 들렸는데, 형들이 부르던 소리였다. 이름을 반복해서 불린 건 같지만, 들림에 대한 세포 반응은 완전히 달랐다. 집에서 불리는 건 '왜 또 부르시지'라는 물음이 붙어 귀찮았고, 형들이 부르는 건 '무조건'이란 전제가 붙어 그렇지 않았다. 아버지에게 잘 보여 봐야 나아질 거 없이 그저 당연하다는 생각이었고, 형들이 부를 때는 잘하면 더 잘해 주거나 예뻐해 주던 보상이 따랐기 때문이지 싶다. 뭐 형들에게 맞는 게 두려워 그랬을 수도 있었겠지만, 어쨌거나 내가 선배들에게 잘해야 후배들도 나에게 잘한다는 것을 그동안 봐 왔기 때문이기도 하다. 그렇게 윗물이 맑아야 아랫물이 맑다는 것과 윗사람에게 깍듯해야 아랫사람도 나에게 그렇다는 것을 고등학교 때 몸소 체험했던 시간에 감사와 그때 형들과 후배들의 얼굴, 추억을 떠올리며 걸었다.

철조망으로 펜스가 쳐진 길을 따라 48분이 지나 첫 번째 목적지인 무학봉에 도착했다. 무학봉과 장군봉은 0.3km 차이로, 장군봉만 보고 오르면 자연스레 갈림길에 이정표를 만날 수 있다. 장군봉을 넘어 급경사에 내리막이 시작된다. 한국 영상대학 소유지인 철제 울타리는 보는 눈과 마음까지 불편하게 만들었고,

심지어 철창에 찍혀 죽은 나무를 보니 마음이 많이 아팠지만 별 수 없기도, 대학의 사유지인 만큼 뜻이 있으리라 생각할 수밖에. 다시 시작된 오르막을 지나 정상부 주능선에서 희미하게 보이는 산등성이 뒤로 옅은 노란색 여명이 정상에서의 아름다운 풍경에 기대를 부르는데 역시나 도착한 정상에서 보인 산그리메와 낮게 깔린 운무가 은은한 아름다움을 선물했다. 하산하면서 아까 보았던 주능선 옆으로 조금 내려가 보니 조망이 트여 멋진 풍경이 보이는데 가끔 만나는 화려한 도심의 야경도 좋지만, 나는 이렇게 고요하고 은은한 느낌이 더 좋다. 화려함은 우와!라며 놀라움을 선물하지만, 은은함은 잔잔하고 포근함으로 나를 안아 주기 때문이다. 하산 중 날이 밝아 오는데, 오늘은 평소보다 노란빛으로 물들어 알 수 없는 희망이 싹텄다.

처음 산행을 시작할 때도 들리던 이 소리, '나무아미타불' 영평사에서 틀어 놓은 불교음악이다. 오를 때는 조금 무섭게 들리던 소리가 날이 밝은 지금은 그저 편안하게 들려와 가슴에 잔잔히 울린다. 스피커 사이로 새어 나오는 음악을 듣고 있자니, 고등학교 들어서부터 매번 늘어진 테이프를 바꿔 가며 사용하던 카세트 플레이어는 집 한편에 방치되고 CD 플레이어가 선풍적인 인기를 끌기 시작했다. 그러나 중요한 건 플레이어가 아니었다. CD를 구울 수 있는 컴퓨터가 집에 없다는 게 문제다. 그래도 갖고 싶어 어떻게든 어머니에게 졸라 구입했지만 CD를 굽는? 일은 내가 할 수 없으니 집에 컴퓨터가 있는 친구에게 일정한 대가를 주고 부탁하거나, 친구 집에 직접 가는 친분만이 해결책이었다. 당시 이어폰은 고장이 잦았는데, 플레이어에 돌돌 말아서 가방에 넣고 다니다 보니 연결하는 쪽의 줄이 휘어져 금빛 전기선이 노출돼서다. 때론 그 줄을 잘 잡고 좌우로 비틀면 음악이 나오기도 했지만 결국엔 고장이다. 그래서 좋은 줄을 사면 큰일을 해낸 것처럼 자랑하기 바빴지만 그 또한 오래가진 못했다. 그러다 조금 사는? 친구가 가져온 MP3를 보고선 놀란 입을 다물지 못했다. 손가락만 한 기계에서 몇 십 곡, 좋은 제품은 100곡 넘게 담을 수 있었으니 그럴 만했다. 사고 싶었지만 아직 내겐 쓸 만한 CD 플레이어가 있었고 금전적인 여유도 없었기에 친구에게 부탁해 빌려서 듣곤 했다. 하루, 이틀, 약속한 날짜에 주어야 했지만 빌려준 걸 찾으러 온 친구에게 하루만 하루만이라고 애원해 며칠을 더 듣기도 했다. 그 친구는 일본에 부모님이 계시고 할머니와 둘이 살았는데 방학이면 일본에 다녀와 퀄리티 높은 장난감, 신기한 제품 등을 학교에 가져와 친구들을 놀라게 만들었는데, 어느 날 그 친구 집에 놀러 갔던 나는 새로운 세상을 만나게 되었다. 그전까지 TV

에 연결되는 것은 비디오뿐인 줄 알았는데 세상에 CD를 넣어서 영화와 뮤직비디오를 볼 수 있는 게 아닌가! 그때 친구가 틀어 주었던 콘서트가 바로 X-JAPAN의 Endless rain이었고, 그걸 본 나는 경악을 금치 못할 만큼 온몸에 전율이 흘렀다. 그전까지 김종서, 김경호, 김정민 등 한국 록을 들어오다가 마주한 그들은, 쉴 새 없이 튕기고 두드리는 기타와 드럼, 형형색색에 머리를 계속해서 흔들며, 옷과 신발은 또 얼마나 화려한지 내가 살고 있는 세상이 아닌 다른 세계를 보는 것 같았다. 몇 번을 돌려보고 그들에 음악을 CD에 구워 달라고 해서 매일 수십 번 반복해서 들으며 목이 터져라 따라 부르던 시간이 떠오른다. 그 친구와 졸업 후 연락이 잠깐 닿아 한두 번 만난 적이 있는데 지금은 보지 못한 지 꽤 되어서 글을 쓰다 연락을 해 봤는데 아쉽게도 닿지 않았다. 부디 그 친구도 잘 지내고 있기를 바라며 들리는 음악을 귀에서 닫고, 친구에 얼굴과 콘서트를 보던 추억을 떠올려 Endless-rain을 흥얼거리며 걷는데 오래 지나서인지 가사가 가물가물해 핸드폰을 열고 음악을 틀었다. 지금은 핸드폰으로 전화는 물론 음악과 영화도 볼 수 있으니 세상이 많이 좋아졌다. 중학교를 지나 고등학교 1학년까지는 핸드폰이 아니라 허리춤에 '삐삐'를 차고 다녔는데 기억이 뚜렷하진 않지만, 몇몇 번호에는 숨겨진 뜻이 있었다. 8282는 빨리 전화해 달라는 급한 상황을 뜻했고, 0024는 영원히 사랑해, 486은 사랑해, 이렇게 별 숫자가 아닌 것에도 의미를 부여하고 첫 번째 소통을 했고, 삐삐에 남겨진 음성 메시지에는 대부분 보고 싶은 사람에게 보내는 애원? 고백? 등, 떨리는 목소리였던 걸로 기억한다. 허리춤에 차고 다니던 삐삐는 뒤에 집게를 떼어내어 더 slim하게 가지고 다니는 멋을 부리기도 했는데, 지금 핸드폰보다 3배는 강력했던 진동은 윙윙~거리며 마치 벨 소리처럼 울려 멀리 있어도 수신을 알려 왔다. 고2에 들어서며 손에 착 붙기도, 어떤 주머니든 쏙 들어가 편하던 Motorola의 접이식 핸드폰이 유행하던 어느 날, TV에 방송된 안성기 배우에 휴대폰 광고를 잊지 못한다. 기차를 타고 가다 탈출하면서 '본부! 나와라! 본부!'가 그것이다. 세상에 미리 저장해 둔 목소리 단축키에 휴대폰을 열고 원하는 이름을 부르면 전화가 걸린다니!! 음성인식 핸드폰이라니!! '나는 반드시 저것을 살 것이다!!'라고 마음먹고 어서 방학이 오길 손꼽아 기다렸다. 놀기 위해서가 아니다, 중학교부터 시작된 나의 직업에 최선을 다해 돈을 벌기 위해서다. 일용직이다. 친구들이 늦잠을 잘 때 나는 방학인데도 불구하고 아저씨들과 부대껴야 하는 봉고차를 타기 위해 10분을 걸어 새벽 5시 30분부터 일을 시작해야 했지만 피곤은커녕 매일이 설렜다. 그렇게 즐겁게 일을 해서 받은 임금으로 드디어 나는 용산 가는 기차에 몸을 실었다. 지금 생각해 보면 위험할 만도 했을 텐데 당시 통장도, 카드도 없었으니 말이다. 가방에 현금 70만 원을 들고 용산에 전자상가를 찾아가 '본부' 폰을 사 왔던 의지의 고딩은 아이러니하게도 지금 '본부'장이 되어 있다. 그렇게 고등학교 시절 전자 기계들과의 추억을 되새기며 주차장에 도착했다. 삐삐가 울리면 공중전화기를 찾아야 했고, 찾아도 동전이 부족하면 금세 울리는 뚜뚜~ 소리에 아쉬움을 달래며 끊어야 했으며, 누군가 전화를 끊지 않고 있으면 다른 공중전화를 찾아 다시 떠났고, 삐삐를 보낸 친구가 전화를 받지 않으면 조급해지고 속상해하던 시간들이 조금은 불편하고 어려웠어도 그때 그 시절의 애태움과 아쉬움이 참 감성적이었는데… 지금은 '연락'이라는 게 너무 편해져 기다림이나 소중함이 없어진 시간에, 그 마음과 감정들이 그리워지는 어른이 되어 있다.

10. 당구장과 나이트클럽

금요일 저녁 퇴근 후 잠시 눈을 붙이고 밤 10시, 목적지인 대구로 출발했다. 거리는 250km, 3시간을 달려 유가사 주차장에 도착했다. 일주문을 지나 아스팔트 임도를 따라 걷는데 좌우로 틀어진 오르막이 만만치가 않다. 수도암을 넘어 1킬로가 지난 시점에 드디어 '비슬산 종주 등산로, 비슬산 정상 2.5km' 안내 이정표가 나오고 본격적인 산길이 시작된다. 들어선 산길 옆으로 여러 개의 뾰족한 돌탑이 서 있는데 저 많은 걸 누가 다 쌓았을까? 돌과 나무계단이 번갈아 놓여 있고 그 넓이가 한발 한발 내딛기엔 간격이 맞지 않지만, 단조롭지 않은 이런 길도 나는 좋다. 계단은 등산하는 사람을 위해서라기보다 토사 방지용으로 만들어진 느낌이고 위로 오를수록 나무뿌리가 길이 되어 있는 곳이 많았다. 나는 트랭글(등산 내비게이션)을 켜긴 하지만 소리는 나지 않도록 설정한다. 이유는 산행 코스를 어느 정도 숙지한 뒤 스스로 그 길을 찾아가는 시간이 마치 등산이 아닌 여행처럼 느껴지기 때문이다. 물론 길을 잃으면 그것으로 방향을 찾긴 하지만. 실제로 길을 잃으면 다시 돌아오는 시간에 투정도, 짜증도 나지만 그때 차오르는 못난 마음을 다시 정비하고 정리하는 소중한 시간이 되기도 해, 잃고 찾음에 나를 시험해 보는 시간이 참 좋다. 본격적으로 등산을 시작한 지 1년 반 동안 200여 개의 산을 타면서 처음 100개의 산행에서는 실제로 트랭글이 있는지, 있어도 사용법을 몰라 밤길을 잃고 찾으며 걸어왔다. 그동안 산이 길을 내주었는지 수없이 길을 잃어왔음에 힘은 들었지만, 크게 다치거나 산에 갇혀 구조된 적은 없었다. 돌아보면 어떻게 그 어둡고 캄캄한 밤에 200여 개의 산 속을 지나 여기까지 왔는지 참 신기하기도 신비롭기도 해 그저 산에게 고마울 뿐이다. 천왕봉 0.5km, 지금까지 계속 급경사에 오르막을 치고 올라왔다. 나무 사이로 새어 들어오는 달빛을 벗 삼아 힘듦을 위로받고, 격하게 맞이하던 오르막을 지나 천왕봉으로 향하는 주능선에 들어섰다. 고요함 속에 비친 플래시 사이로 흔들리는 억새를 보니 고등학교 입학식 날이 떠오른다. 학교도 몇 없는 시골에 책을 제대로 가지고 다니지도 펴 보지도, 펴 봤어도 수학 시간에 국어책을, 국어 시간에 영어책을 펴 봤고 그마저도 책상 아래론 만화책을 보고 있던 내가 인문계라니! 남녀공학에 여자 6명, 남자 9명으로 15명이 전부였던 교실은 늘 조용했다. 그런 고요함 속에 언제나 밖으로 나가 놀고 싶어 하던 불타는 청춘, 흔들리는 마음은 늘 학교 밖에서의 시간을 향해 있었다. 억새가 흔들리는 건 바람 때문이듯, 학창 시절 학업을 뒤로하고 밖으로 나돌며 흔들렸던 건, 어쩌면 폼 나게 살고 싶던 나에게 불어왔던 청춘이란 이름의 바람이 아니었을까. 그렇게 좌충우돌 부딪히고 깨지던 시간에 흔들리던 청춘에 억새는 흔들리지 않는 지금의 나를 만들었던 소중한 시간이었다고 믿는다.

드디어 마주한 비슬산 천왕봉은 그 자태가 너무도 아름답고 웅장했으며, 어마어마한 크기의 정상석은 가장 높은 곳에서의 위엄을 과시하고 있는 듯 보였다. 월광봉으로 향하는 편안하던 능선이 끝나고 마주한 내리막에서 나뭇가지 사이를 헤집고 간신히 걸어 보지만 울창한 숲에 길이 거의 보이지 않는 데다, 며칠 전 비가와 미끄러워 자세를 낮췄다. 하지만 10분 정도 내려가다 점점 이 길이 아닌 느낌에 다시 확인해 보니 목적지와 다른 곳으로 향하고 있어 내려온 길을 다시 올라 월광봉에 도착했다. 좀 전에 길을 잃고 내려갈 때 머리 바로 위로 나뭇가지가 닿을 듯했는데 그곳에서 잠들었던 새들이 나 때문에 놀라 퍼덕거리며 날아갔다. 미안해라며 지나치는데 전에는 낙엽 소리만 들려도 지레 겁먹던 나는 이제 동물 소리도, 그들과 마주침에도 그리 놀라지 않는 담?이 생겼다. 중학교 때 오락실 코인노래방에서 기초를 다졌던 나는 고등학교 때는 동네 노래방에서 실력을 쌓아 갔다. 그러던 어느 날, 시내에 있는 술집에서 노래자랑을 한다는 소문을 듣고 그러면 안 되는 걸 알지만, 노래자랑이 있는 토요일 저녁 친구들과 그 가게로 걸어 들어갔다. 가게 이름이 '아우토반'이었던가, 아무튼 주간 1위는 10만 원, 월간 1위에게는 30만 원이 걸려 있어 최선을 다했던 나는 주간 1위로 10만 원에 상금을 확보해 친구들과 그날 저녁 신나게 탕진했다. 월간 대회에도 출전해 2등을 해서 10만 원을 받았고 이 역시 나를 응원해 주던 친구들과 사용하며 뿌듯함과 스스로 해냄의 미학을 느꼈다. 그것과 더불어 처음 주간 대회에 나갈 때는 많이 떨리던 게 두 번째 월간 대회를 나가 보니 조금 덜한 것을 느끼면서 긴장감은 더 큰 긴장감을 맞이할 때 그 크기가 줄어든다는, 즉 긴장감도 맷집이 있어 긴장되는 순간이 많아질수록 덜해진다는 것을 알아차리는 배움을 얻었다. 지금도 그때와 같다. 칠흑 같은 어둠에 무서울 만도 하지만, 반복된 시간에 익숙해져 긴장감은 사라지고 즐거움과 배움이 그 자리를 대신하고 있으니까. 노래 얘기가 나와서 하는 말이지만 학창 시절 나는 작사? 그리고 음반 없는 작곡을 하기도 했고, 무료함을 달래기 위해 시를 적어 보기도, 그림을 그리기도 했다. 그때 감성이 아직 남아 있어 이렇게 글을 쓰고 있는지도. 요즘도 가끔 혼자 노래방을 찾아 그 시절에 부르던 노래를 따라 부르며 추억에 잠기기도 한다.

저 멀리 보이는 불빛이 레이더 관측소가 있는 조화봉인 것을 눈치채고 그쪽 방향으로 걷는다. 관측소로 향하는 나무 계단은 에스컬레이터 느낌으로 길게 늘려 있었고 안전을 위해 턱이 있는 곳을 흰색으로 칠해 걸려 넘어지지 않도록 세심한 배려를 해 놓았다. 관측소 옆길로 올라 조화봉에 닫기 전, 해맞이 제단이 눈에 보였다. 네모반듯한 돌 위에 음식을 올리고 제사를 지내던 것 같은데 그것을 보니 학창 시절 당구장이 떠올랐다. 나는 중, 고등학교 때 수업 시간을 빼면 거의 모든 시간을 당구장에서 보냈다. 학교가 끝나면 당구장으로 달려가 친구들과 자장면 내기를 시작으로 몸을 풀었고, 저녁에는 아저씨들과 내기를 하며 하루를 보냈는데, 어느 날 학교 앞 당구장에서 대회가 열렸고, 동네를 넘어 당구 좀 친다는 사람들이 총출동해 32강을 거쳐야 결승에 오를 수 있었다. 나는 200이었는데 공 3개로 플레이하는 쓰리 쿠션에 특화된 훈련을 해 왔던 터라 그 분야로 출전했고 32강, 4게임에 사투를 이겨 내고 결승에 올랐다. 대회는 동네 축제 분위기라 돼지 수육이 안주로 마련되어 막걸리판이 되어 갔다. 나는 우승을 위해 마시지 않았지만, 이미 내 결승 상대 아저씨는 거의 만취 수준으로 게임에 입장했고 계속해서 '입'으로 나를 공격했다. 그런데 이게 뭔가? 이상하게도 오히려 내가 술에 취한 듯 아저씨의 취권에 백기를 들고 말았다. 그래도 금 3돈과 뻐꾸기시계를 상금과 상품으로 받았는데 지금도 본가에서 시간을 담당하고 있다. 물론 20년 전 즈음, 한 시간을 알리려 문을 열고 뻐꾹이던 뻐꾸기는 문을 닫은 채 돌아오지 못했지만, 고맙게도 아직 시계는 잘 돌아가고 있다. 아무튼 그렇게 당구에 관한 추억으로 조화봉을 마주한 뒤 대견봉으로 향했다.

마지막 봉우리로 향한다는 생각에서인지 어렵지 않은 오르내림으로 대견봉에 도착했다. 하산 길, 내리막 경사가 심해 위험할 만한데도 야자 매트가 깔려있어 미끄러지지 않고 안전하게 내려올 수 있었다. 매트를 보니 초등학교부터 중, 고등학교 때까지 토요일 12시 30분이면 어김없이 4번 채널(미국 방송)에서 방송되던 헐크 호건과, 워리어 등 사각 링에서의 혈투, WWF(프로레슬링)를 보면서 방에 특수 제작된 매트(이불을 겹겹이 깔아 둠)를 깔고 기술을 따라 하던 게 생각난다. 학교가 끝나는 시간이 방송이 시작되는 시간이었기에 수업이 끝나는 종소리에 부리나케 집으로 달려가기 바빴고, 가끔 형이나 친구들과 레슬링 놀이를 했는데 각자 원하는 캐릭터가 대부분 당시 챔피언이나 승승장구하며 유명세를 치르던 스타여서 겹치면 가위바위보를 통해 정하곤 했다. 게임이 종료되는 원, 투, 쓰리에는 언제나 한쪽 등을 떼며 다시 공격과 방어가 이어졌고, 초크(숨을 막는 공격)에는 공격당하는 선수에 팔을 심판이 위로 세 번 올렸다 내렸다를 반복해 기절에 유무로 승부를 결정하곤 했는데, 마찬가지로 쓰리에 거의 다 내려왔던 팔은 다시 주먹을 불끈 쥐며 흔들고 일어나 역공에 성공해 승리하곤 했다. 실제 싸움이 아니란 걸 나중에 알았지만, 때론 격렬한 사투와 고난도 기술은 프로그램을 질리지 않고 열광하게 만들었다. 엄청난 연습의 결과로 만들어지는 게임, 사각의 링 뒤에서 분투했을 연습에 그들을 존경하기까지 했다. 걷기 좋게 깔린 매트에 누군가의 노력으로 편하게 걷는 것에 감사와 당시 프로레슬링을 그저 재미로 보았던 것이 아닌, 최선의 노력이 있을 때 대가가 따라온다는 것을 자연스레 깨우친 시간에 감사하며 걸었다. 대견사와 유가사로 나뉘는 이정표에서 차량을 세워 둔 유가사 방향으로 하산하는데 환 종주(한 바퀴를 돌아 원점)를 많이 하지 않는지 등산로에 풀이 무성한 데다 내렸던 비로 길은 미끄러웠다. 중심을 잃고 미끄러질 뻔했지만 30미터를 차렷 자세로 다다다다~ 달려가 엉덩이와 허리를 살려 냈다. 오늘 처음이자 마지막으로 계곡 소리를 들으며 하산이 거의 끝날 무렵, 양쪽으로 보이는 엄청난 바위에 글귀들을 하나하나 읽어 가며 새벽 5시 30분, 무사히 비슬산 종주를 마치고 내려왔다.

멀리 대구까지 왔던 터라 잠시 숙소에서 휴식을 취하고 저녁 6시, 앞산 주차장에 도착했다. 입구에 어마어마한 인파가 오르내리고 있어 상당히 당황했다. 해가 저물었는데도 이렇게 많은 사람이 산을 찾고 있다니. 놀라움은 걷기 시작하자 금세 사라졌다. 깨끗하게 정리된 길과 이어지는 가로등은 사람들이 자연을 스스럼없이 찾도록 비추고 있었다. 임도와 숲길로 나뉘는 곳에서 대부분 임도로 향했고 나 홀로 숲길에 들어서자 금세 어두워지며 고요해졌다. 약 1킬로 정도 숲길을 오르니 아까 보았던 임도와 만나는 곳에서 전망대와, 앞산 정상으로 길이 나뉘는데 나를 빼곤 모두 전망대로 향했다. 곧 가로등이 꺼지고 본격적인 등산로가 시작됐지만 밝은 달이 비쳐 주고 있어 외롭지 않았다. 누가 쌓은 것일까? 어마어마한 통일기원 돌탑을 마주한 뒤 다시 정상을 향하는 길에 고려의 태조 왕건이 후백제 견훤의 부대와 전투 중 전세가 불리해 숨어 지냈다던 어마어마한 크기에 공간이 보이는 왕굴이 보였다. 넓고 큰 동굴, 혼자였던 왕건을 생각하니 옛날의 내 방이 생각났다. 5살 차이가 났던 형은 내가 고2가 되던 해 군대를 갔고, 세 평 남짓하던 비좁은 방에서 둘이 지내려니 많이 불편했는데 방을 혼자 쓰니 호텔 부럽지 않게 넓고 크게 느껴져 편하고 자유로웠다. 그때부터였던 것 같다. 내게 감수성이 젖어들어 감성적으로 변하게 된 시기가. 혼자 있는 방에선 주로 음악을 틀어 놓고 노래를 따라 부르며 그림을 그리거나 시를 썼는데 내게 그 2년의 시간은 정말 달콤했다. 그 작은방에서 어른이 되면 반드시 잘 살겠다고, 멋진 차도 예쁜 집도, 그리고 결혼하면 아이에게 많은 것을 해 주고 예쁘게 키우리라 다짐하며 세상을 향한 각오를 다지던 시간이 떠오르며 작은방에 엎드려 혼자서 뭔가 적고 그리던 고2의 나를 바라보며 왕굴을 지났다.

2시간이 지나 정상에 도착했다. 밤하늘에 빛나는 별과 화려한 대구 야경에 비슬산과 앞산에서의 산행 피로도가 씻은 듯 날아갔고, 다시 앞산의 명물인 전망대 토끼를 만나러 발길을 옮겼다. 계단의 내리막을 지나 능선을 걷는데 전망대로 가려면 케이블카 대기소를 지나야 하는데 그곳엔 이미 사람들이 줄지어 있어 가로질러 가기 어려워 보였지만, 의외로 쉽게 통과했다. 내가 근처에 들어서니 자동반사적으로 길이 열렸다. 다른 사람들은 가족 단위 또는 연인이 대부분이라 예쁘게 차려입고 온 사람들인 반면, 나는 땀에 젖은 등산복과 흙이 묻은 신발, 그리고 가슴엔 쓰레기 봉지와 한손에는 집게가 들려 있었으니 그럴 만했다. 그렇게 케이블카 대기소를 시원하게 통과해 비파산을 지나 전망대에 도착했는데, 세상에 수많은 인파가 그곳에서 야경을 보거나 기념사진을 남기려 줄을 서 있었다. 나도 맨 끝으로 가 줄을 서다가 내 차례가 되자 나의 시그니처인 쓰레기 봉지를 토끼 앞에 두고 사진을 찍는데 다들 신기하게 쳐다봐서 얼른 찍고 봉투를 챙겨 하산을 시작했다. 화려하게 빛나는 토끼를 보니 고등학생 때 몰래 잠입해 신나게 댄스를 추던 클럽에서의 밤이 떠올랐다. 내가 살던 동네는 미군부대가 있어 클럽이 즐비했는데, 친구들과 야밤에 뒷문이 열려 있으면 몰래 들어가 화려한 조명이 비추는 무대로 뛰어 들어가 마치 정문으로 입장해 테이블을 잡고 있는 손님처럼 음악에 맞춰 춤을 추기 시작했다. 당시 클럽에서 유행하던 곡이 있는데 앞으로 왼발 오른발 두 번 내딛고 다시 뒤로 두 번, 왼쪽 오른쪽으로 똑같이 내딛던 기억이 나지만 오래 지나서인지 음악은 기억이 나지 않아 좀 아쉽다. 기억났다면 한번 춰 보고 싶은 밤인데. 그렇게 침투한 우린 계속 춤추고 싶었지만 그럴 수 없던 이유는, 블루스! 때문이다. 그 타임이 오면 커플들이 블루스를 추러 나왔는데 나와 친구들은 상대도 없고, 자리도 없으니 무대에 남아 있을 수도, 테이블에 앉아 있을 수도 없었기에 빠르게 울리던 음악이 서서히 멈추기 시작하면 얼른 뛰어나와야 했다. 때론 화장실로 대피해 변기 칸에서 댄스 음악이 나올 때까지 기다리다 직원에게 뒷덜미를 잡혀 혼나기도 했지만, 우린 토요일 밤이면 언제나 클럽 뒷문을 전전긍긍하며 기회를 노리다 들어가지 못하는 날엔 미군부대로 향하는 도로에 길고 화려하게 장식된 불빛에 포장마차를 찾아 친구들과 함께 시끌벅적한 밤을 보내던 추억이 떠오른다. 아무튼 그렇게 화려했던 고등학교에 추억과 함께 앞산에서 내려와 250km를 이동해 집에 도착했다.

11. 김 한 장과 유통기한

비 내리는 도로를 달려 인천 대공원 주차장에 도착한 시간은 새벽 1시, 우비를 챙겨 입고 첫 번째 목적지인 거마산으로 출발했다. 조금 걷자 거대한 크기의 은행나무가 보이는데 수목의 높이는 약 30m, 둘레는 약 8.6m이고 수령은 약 800년으로 추정되며 2021년에 천연기념물로 지정되었다고 한다. 그 긴 시간 비바람을 이겨 내고 살아왔다니 수목의 생명력과 끈기가 정말 대단하게 느껴졌다. 나무를 바라보며 큰 사람이 되기 위해서는 그만큼의 견딤이 필요하다는 것과 은행나무가 사람들에게 그늘이 되어 주고 아름다움으로 즐거움을 주듯, 사람도 베푸는 이에게 더 많고 좋은 사람이 찾아온다는 것을 되뇌며 지났다. 드디어 숲길이 시작되고 젖은 흙에 발이 닿자 저벅저벅 소리와 함께 고등학교 때 수업 시간이 떠올랐다. 굳이 체육시간이 아니어도 비가 오는 날이면 선생님께 건넨 누군가의 제시로 다른 반과의 우중 축구가 펼쳐지곤 했는데, 운동장은 전열을 가다듬은 남학생들로 전쟁을 방불케 했고, 여학생들은 천둥번개와 같은 고함으로 응원을 준비했다. 남학생도 여학생도 최선을 다했던 이유는, 선생님들이 걸어 둔 간식 내기로 학생뿐 아니라 선생님들의 자존심이 걸린 게임이기도 해서다. 그러나 승부에 졌던 반 선생님께서 양쪽 반 모두에게 간식을 사 주시던 따스한 기억이 스친다.

30분 정도 걸으니 멀리 높은 곳에 철책 넘어 비추는 가로등이 보여 그곳까지 오르면 능선을 기대해 보지만 계속 이어지는 오르막에 등산로가 젖어 미끄러지지 않도록 한발 한발 최대한 집중해서 내딛는다. 드디어 거마산 정상을 통과해 철책 옆에 있는 벤치에서 잠시 쉬어 간다. 배가 고픈 건지 철책이 고기 굽는 판으로, 그 사이로 비집고 나온 나뭇잎이 고기처럼 보였다. 어릴 때 우리 가족은 1년에 한두 번 외식을 했는데 고깃집 이름이 아직도 잊히지 않는다. '벙글벙글' 돼지갈비를 전문으로 팔던 집인데 가끔 먹어서였는지는 몰라도 맛이 정말 끝내 줬다. 언제나 고기를 다 먹고 나면 불판 위에 앙상하게 남겨진 갈빗대를 챙기려 아버지께서 '여기 봉지 하나만 주세요.'라 하셨고, 검은 봉지에 뼈를 챙겨 집으로 돌아와 어릴 때부터 싸우던 진돌이, 진순이에게 나눠 주곤 했다. 1년에 한두 번이던 외식, 그땐 고기 한번 먹는 게 그렇게 어렵기도, 정말 행복하기도 했는데 그 고기 집은 지금은 없어지고 다른 식당이 들어섰다. 외식을 하던 곳이 한군데 더 있는데 시내에 있는 시장 안쪽으로 깊숙이 들어가면 어항에 물고기가 가득하던 횟집이다. 서너 평 정도에 작은 횟집은 1층에 테이블 한 개, 그 끝에 나무로 만든 계단을 오르면 낮은 천장 아래로 두 개에 테이블이 놓여 있었다. 늘 2층에서 먹었는데 생선 이름을 알지 못했으니 시켜 주시는 것만 먹었다. 흰색 회가 초고추장에 찍혀 입으로 들어와 얇은 뼈와 살이 얽혀 씹히면 고소함이 입 안 가득 퍼져 얼마나 맛나던지 아직도 그 맛을 잊을 수 없다. 중, 고등학교를 다니면서 외식은 따라다닐 성격도 되지 못했고 쓰러졌던 아버지로 인해 외식할 형편도 되지 못해 고소함을 느낄 시간은 사라졌지만 사회에 나와서 횟집을 한두 번 드나들 즈음 어릴 때 즐겨 먹던 생선에 이름을 알 수 있었다. '붕장어'다. 웬만한 횟집에 가면 서비스로 조금 내어 주는, 회로 먹는 생선 중에 가장 저렴한. 그랬구나, 어릴 때 여유가 없으니 가격이 낮은 회로 배를 채우게 해 주실 수밖에 없으셨구나. 그때 생각에 가끔 그 회를 보면 마음이 찡하다. 부모님은 회를 무척 좋아하셨는데 특히 아버지는 거제도에서 유년 시절을 보내셨으니 그럴 만했다. 회를 다 먹으면 나오는 매운탕은 깨끗하게 발골 된 뼈가 접시에 쌓여 국물까지 다 드시고 나서야 자리에서 일어나셨다. 제일 싼 횟감으로 자식들을 먹여 주실 수밖에 없던 마음이 얼마나 무거우셨을지 생각하니 왈칵 눈물이 흐른다. 아버지가 돌아가시기 전에 회를 좀 더 사 드릴 걸 그랬다며 후회하는데, 문득 5년 전 여수로 부모님을 여행 보내 드리고는 깜짝 이벤트로 따로 출발해 찾아간 멋진 횟집에서 감성돔을 사 드렸던 사진이 핸드폰에 남아 있어 사진을 확인하는데 두 분이 얼마나 해맑게 웃고 계시는지. 그날 밤에 같은 방에서 봤던 영화 나랏말싸미도 잊지 못한다. 피곤하셨는지 이미 3년 전에 진단받으셨던 암으로 떨어진 체력 때문이었는지 자꾸 꾸벅꾸벅 졸던 아버지를 툭툭 쳐 깨우기를 반복했다. 내가 아주 어릴 때 우리 집은 방이 하나였는데 거기서 부모님과 형 나, 네 가족이 토요명화를 즐겨 봤다. 작은방에 넷이 누워 서부의 총잡이 영화를 보고 있노라면 반드시 누군가 먼저 졸았는데 아버지는 장난치며 깨우기 선수였다. 그래서 다 같이 영화가 끝날 때까지 잠들 수 없었는데 이젠 내가 그런 아버지를 깨우기 위해 괜스레 코에 손가락을 넣어 장난을 쳐 보기도 했다. 영화를 다 보고 사무실에 출근하기 위해 새벽 3시에 조용히 호텔에서 나왔는데, 지금 생각해 보니 다음 날 아침까지 사 드리고 올 걸 그랬다. 어린 시절 맛나게 먹던 돼지갈비와 붕장어를 먹으며 행복해하던 우리 가족에 웃음이 떠올라 지어진 미소를 머금고 다시 성주산으로 향했다.

빗방울은 점점 굵어지고 안개와 바람까지 심해 랜턴에 비쳐진 시야가 상당히 좁았지만, 다행히 간간이 옆 부대에서 비춰지는 가로등으로 길을 잃거나 헤맨 시간은 없어 감사하는 마음으로 두 분과 떠난 처음이자 마지막 여행을 추억하며 성주산 정상에 도착했다. 그곳에 있는 팔각정에 누워 내리는 빗소리를 들으며 숨을 고른다. 고등학교 때 아버님과 둘이 살던 친구 집에 자주 놀러 갔다. 출장이 잦으셨기에 친구들끼리 술을 마시는 날이 길어지던 어느 날, 다음 날 오시기로 하셨던 친구 아버님이 전날 오셔서 걸리고 말았다. 아버님은 우리를 방에 앉아 기다리라고 하시더니 슈퍼에 가셔서 소주 10병을 사 오셨다. 그러시고는 장롱을 열어 무언가를 찾으셨는데 '김'이다. 그것도 소금이 쳐져 있는 김이 아니라 맹 김. 한 장씩 나누어 주시고는 사 오신 소주를 큰 별 1개와 작은 별 6개가 로고로 박혀 있는 '칠성사이다' 150ml 유리컵에 한 잔씩 가득 채우셨고, 먼저 한 잔을 원 샷! 하시고는 김을 새끼손톱만큼만 자르셔서 안주로 드시는 게 아닌가! 이제 우리 차례다. 원 샷을 하고 김을 똑같이 조금만 잘라서 입에 넣어 계속 오물오물 씹으려는데 다시 한 잔씩 가득 채우시고는 다시 원 샷을! 그렇게 친구들과 아버님, 다섯 명은 글라스로 4잔씩 마시고 입을 틀어막던 친구 둘은 중간에 밖으로 뛰쳐나가 속을 비워 내기도 했지만 나는 끝까지 버텨 냈다. 그런데 이상하게도 10병을 다 비우시고는 라면을 끓이셨는데 그것도 달랑 한 개. 당연히 해장을 시켜 주실 거라 믿었던 우리, 하지만 다 끓이시고는 마셨던 유리잔에 면과 국물을 일괄 분배하시고 서랍장에서 양주 '시바스리갈' 큰 거 한 병을 꺼내시는 게 아닌가!? 나의 예상은 적중했고 그렇게 라면 몇 자락과 국물 조금으로 시바스리갈 한 병을 종이컵에 크게 따라 계속 마셔 전부 비우고 나서야 전쟁은 끝이 났다. 우리 4명은 그날 전투로 밤까지 변기와 대화를 이어 갔고, 다음날엔 시체가 되어 종일 누워만 있는데 빗소리가 들려왔다. 지하였던 친구 집에 조금 열린 창문 사이로 들리는 빗소리, 집 중간에 물이 새어 양동이에 '똑똑' 떨어지는 빗방울 소리를 들으며 누워서 편하게 하루를 흘려보내던 추억이 지금 내리는 비와 함께 내게 떨어지고 있다.

추억에 젖어 있던 몸을 일으켜 다시 걷기 시작하는데 밤새 내린 비로 여기저기 웅덩이가 생겨 점프해서 넘어가다 문득 고2 여름방학이 떠올랐다. 어디선가 듣고 왔던 친구가 말했던 대천 해수욕장이 hot하다는 소문은 나와 친구들을 대천행 기차에 올려놓았다. 그렇게 도착한 대천역을 나오자 우리보다 훨씬 더 무서운 건달? 형님들이 양쪽으로 쭈~욱 서 있다가 우리에게 숙소를 잡았냐고 물었고, 아직 숙소가 없던 우리는 본인들이 봉고차로 숙소까지 태워 주고 나중에 역으로 돌아올 때도 태워 준다고 했으며, 대천으로 찾아왔던 본질이자 제일 중요했던 해수욕장도 가깝다고 친히 설명해 주었다. 일단 봉고차에 올라타 숙소로 향하는데 이게 어떻게 된 일인가? 바닷가에서 점점 멀어지는 봉고차에서 창밖을 바라보며 슬슬 불안해지기 시작했다. 그러나 별다른 말을 건네지 못한 건, 운전석과 그 옆에 동행했던 아저씨 같은 형님의 등과 팔에 딱 붙어서 살아 움직일 듯한 용과 호랑이가 발톱을 내밀고 인상을 쓰고 있었기 때문이다. 그렇게 한마디 말없이 도착한 곳은 말 그대로 무슨 훈련을 할 때 사용될 듯한 '숙소'였다. 모텔도, 여관도 아닌 아무것도 없이 그냥 딱 큰방 하나다. 씻는 것도 마당에 큰 대야 앞에서 대충 씻어야 했고 화장실도 하나라 여간 불편한 게 아니었지만 우리에게 제일 중요했던 건 바닷가와의 거리였다. 그래도 5분만 걸어가면 나온다던 해수욕장을 10분 정도 열심히 걸어 도착해 안도의 숨을 쉬고 그때부턴 모든 걱정과 불평을 잊고 신나게 놀았다. 그나저나 2박 3일을 준비하고 왔지만 2일째 돈이 다 떨어졌던 우리는 7명이 끼니때마다 라면 5개에 물을 많이 넣고 끓여 국물로 배를 채우다 2kg는 빠진 초췌한 모습으로 3일째 봉고차에 탑승했다. 하지만 계산 착오로 기차 비용까지 다 써 버린 우린, 결국 지나가는 차를 잡을 수밖에 없었고 몇 시간이 지나 노란색 봉고차가 우리 앞에 섰다. 아저씨 두 분이 타고 계셨는데 마침 수원으로 가신다면서 태워 주셨다. 차에는 기타와 악기들이 있었는데 두 분은 전국을 돌며 음악 공연을 하신다고 말씀하셨고 그때부터 평택에 도착할 때까지 계속해서 노래를 부르셨다. 그때 그 노란색 봉고차에 타고 계시던 두 분을 만날 수만 있다면 제대로 감사를 표하고 싶은 마음이다. 인자했던 미소와 부드러운 말투로 철없던 학창 시절을 이해해 주셨던 두 분이 건강하기를 바라는 마음으로 걸었다.

소래산으로 넘어가기 위해 터널 위를 지나는데, 빠르게 지나가는 오토바이의 굉음이 들려왔다. 고등학교 때 한 친구가 VF라는 125cc 노란색 오토바이를 타고 나타났다. 근데, 이게 그냥 오토바이가 아니다? 뒤 안장이 버스 뒷자석 높이와 같은 게 아닌가! 하나 둘, 친구들이 비슷한 오토바이를 따라 사서 몰려다니기 시작했다. 얼마 지나지 않아 나도 빨간색 VF를 장만해서 친구들과 어울렸는데, 어느 날 고3 선배 한 명이 오토바이를 타다 넘어져 다리에 핀을 박게 되었고 장애까지 남게 된다는 걸 알게 되고서는 즉시 처분했다. 즐기는 것도 중요하지만, 평생 상처를 안고 불편하게 살 용기는 없었기 때문에. 다른 이유가 있다면, 같은 반에 2년을 꿇었던 형이 어느 날 노란색 스포츠카! 현대 터뷸런스를 타고 나타난 사건이다. 나와 모든 학생은 당황했다. 교복에 스포츠카를 타고 학교에 등교하는 학생이라니!! 그 형은 차에서 음악을 크게 틀고 학교 앞을 이리저리 소리 내며 다니거나 시내 한복판을 계속해서 돌고 도는 형태에 누빔을 이어 갔는데, 스포츠카의 단 한자리, 조수석을 누구에게도 뺏기기 싫었던 나는 형과 급속도로 친해졌다. 교복을 입고 스포츠카로 즐기는 드라이브라니! 세상 부러울 게 없던 시간이다. 아직도 노란 스포츠카를 볼 때면 어김없이 그 형 이름과 얼굴이 그려지는 잊지 못할 추억을 기억하며 걸었다.

동물 발자국인지 흙에 동그란 구멍이 나 있는 게 마치 연탄 같아 보였다. 우리 집은 내가 군대를 갔던 사이 장마에 엄청나게 내린 폭우로 일부가 소실돼 어렵게 대출을 받아 조립식 판넬로 지어져 보일러를 쓰게 됐지만 그전까지는 연탄을 썼다. 연탄은 다 타서 꺼지기 전에 제때 갈아 주어야 하는데, 다시 피우기도 어렵지만 잠이 든 사이 연탄가스가 생명에 위협이 되었기 때문이다. 연탄을 갈아야 할 때면 뚜껑을 열고 위에 것을 바닥에 내려놓고 다 타서 꺼지거나 꺼지기 직전인 아래 연탄을 빼고, 먼저 빼놓았던 연탄을 아래로, 새 연탄을 위로 올려 두는 형태다. 연탄불이 꺼지면 골방에서 추위와 사투를 벌여야 했기에 사활을 걸고 그것을 지켜 내려 애썼다. 골든타임을 놓치면 바들바들 떨어야 했으니까. 한겨울 간식으로 으뜸이던 군밤을 먹으려 갈았던 연탄 위에 올려 두고 뒤집기도 했고, 거리를 걸으면 군밤장수 아저씨도 간간이 보곤 했는데 요즘은 통 보기 어렵다. 그땐 음식점도 먹거리도 지금처럼 풍요치 않아서 군밤, 군고구마를 팔던 아저씨를 많이 봤는데 말이다. 천 원으로 가족, 친구들과 나눠 먹던 정감 있던 군밤과 군고구마 하나에 정이 오가고 싹트는, 소소함에 행복해하던 그때가 그립다.

소래산 정상을 500미터 남겨 두고 운무와 입김이 섞여 마치 하늘 위를 걷는 듯했다. 드디어 정상에 도착했지만 강하게 부는 비바람에 빠르게 관모산으로 이동했다. 계단에 내리막이 계속되면서 뭔가 느낌이 이상했지만 코스를 확인해 보니 방향이 맞아 그대로 내려가다 결국 도로로 내려와 버렸다. 트랭글(등산 내비게이션)에 방향이 주택가 쪽이어서 그 사이를 번갈아 들어가 보지만 전부 펜스로 막혀 있어 등산로를 찾으려 들어가고 나오고를 반복하는데, 새벽 4시 동네 개들이 여기저기 들락이는 나를 보며 한두 마리씩 짖기 시작했고, 결국 나 때문에 동네 개들이 전부 기상하는 사태가 벌어지고 말았다. 개들 사이를 오가며 30분을 여기저기 기웃거리며 찾다가 더 짖으면 동네 주민이 다 깰 것 같아 관모산과 상아산 등산을 포기하고 결국 택시를 타고 주차장에 도착해 산행을 마쳤다.

다음 날 경북 문경의 봉명산을 찾았다. 산행의 시작은 계단이었는데 초반부터 시작된 계단에 차오르는 숨은 어찌 보면 당연한 것인데도 오늘은 한 가지 이유가 더 있다. 계단을 지나 조금 더 오르면 나오는 봉명산 명물 '출렁다리', 혹시라도 다리에 개방 시간이 정해져 있어 닫혀 있다면 산행을 포기해야 하기에 들던 긴장감이다. 10분쯤 오르자 하늘 위로 환하게 비추는 느낌에 올려다보니 화려한 조명에 빛나는, 마치 용이 승천해서 올라가는 듯한 멋진 출렁다리가 보였다. 다리와 가까워질수록 긴장감은 점점 고조되었고, 드디어 다리에 도착해 보니 다행히 따로 문은 없었다. 그제야 긴장했던 마음이 풀려서인지 다리에 힘이 풀리는 느낌이 들었다. 지금은 어떤지 잘 모르겠지만, 내가 다니던 중, 고등학교는 권투부가 굉장히 유명했는데 일반 학생들에게는 권투부가 아니라 세계 챔피언 홍수환 선수의 제자였던 '박○'라는 주니어 웰터급 한국, 동양, 태평양 챔피언이 유명했다. 이분은 일단 학교 앞에 지나가는 모든 학생들(좀 노는 것 같거나, 사고를 쳐 보이는, 땡땡이를 친 것 같은)은 무조건 불러 세웠다. 일단 그 앞에 서면 땡땡이는 꿀밤 한 대로 시작되는데 이게 한 대만 맞아도 머리에 번개가 치고 그대로 머리를 감싸 앉아 울고 싶지 않은데도 눈물이 흘러내리는 고통을 견뎌야 했다. 그나마 한 대는 낫다, 담배를 피우다 걸리거나 가방에서 라이터라도 나오는 날엔 세 대다 세 대… 그래서 학교 근처에서 그를 보면 우선 어디론가 숨어야 했는데 챔피언이 그분만 있던 게 아니라 서너 명이 더 있어서 대부분에 학생들은 그들을 피해 다녔다. 뭐 좋은 취지로 올바르게 만들어 주려는 마음이야 이해하지만 적당한 통증이 아닌, 망치로 머리를 맞은 것처럼 깨질 듯한 통증을 좋아할 사람이 누가 있겠는가. '출렁다리가 열렸을까' 하며 두근거리던 마음이 마치 매점 뒤에 있는 권투부와 권투부원들을 피해 지나던 마음과 같아 문득 떠올랐지만 어쨌든 그들 덕분에 나쁜 짓?을 일부 막을 수 있던 학생들을 대표해 감사에 인사를 전한다.

화려한 출렁다리를 지나자 어둠의 산길이 시작되고, 어제 내린 비에 오르막 아래로 흐르는 물을 보니 하산이 걱정됐지만 언제나 산행은 지금에 가장 집중해야 한다는 것을 깨우친 터라 떠오른 걱정을 밀어 내고 지금에 집중해 한발 한발을 내딛었다. 그렇게 오르막을 지나 봉우리에 오를 때면 능선을 기대하지만 어김없이 내리막이 반복되어 나의 두 번째 책에서 말했던 '기대 유통기한' 기술을 발휘해 투정을 밀어 내고 걸을 수 있었다. 밀어 낸 투정은 시작점에 정상 4.4km를 넘어 100m, 200m, 계속되는 오르막에도 보이지 않는 정상과, 고개를 들면 보이는 봉우리에 마음과 머리를 혼란스럽게 하며 찾아왔다. 그러나 언제나 '무조건'이란 것은 존재하지 않다는 것을 산에서 배웠고 '다를 수도 있다'는 것을 깨우친 나는 약 300m를 더 올라 정상에 도착했다. 유통기한 얘기가 나와서 말이지만, 어릴 땐 유통기한이 지난 요구르트, 우유, 라면, 과자도 3~4일 정도 안쪽이면 그냥 먹었다. 특히 빵은 자주 그랬던 걸로 기억하는데 가끔은 동네 슈퍼에서 일부러 하루, 이틀, 기간이 지난 것을 확인하고 사서 반을 먹고 다시 슈퍼로 찾아가 주인에게 유통기한 지났다고 환불을 요구하거나 다른 빵, 과자로 바꿔 왔다. 지금은 유통기한 날짜가 지나지도 않아도 만기일이 다가오면 먹기가 부담스러워졌지만, 그 시절 내겐 마치 한때 과자에 들어 있던 한 봉지 더!와 같은 기회이자, 배부름을 주던 시간이었음에 웃음 지으며 하산을 시작했다.

내려가는 길은 생각했던 것과 달리 경사가 가파르지 않았다. 미래를 생각해 고민하고 걱정할 필요가 없음을 각인하는 시간으로 걷는데, 어김없이 다른 길로 들어서 다시 길을 찾아야만 했다. 오르막에 길을 잃는 느낌과 내리막에 길을 잃음에는 긴장감과 투정에 차이가 나는데, 아마도 오름엔 목적지에 도착하지 못할 수도 있다는 걱정인 반면, 내림엔 도로를 찾으면 어떻게든 집으로 갈 방법이 있을 거라는 안심에 차이다. 오르내림에 문득 학교를 다닐 때 시험 성적표와 등수가 떠올랐다. 14명이던 우리 반에서 나는 중간의 성적을 거두었는데 7등 ~ 9등 정도였다. 친한 친구 두 명과 매번 내가 이겼다고 놀리곤 했는데 중요한 사실은 이마저도 3명은 학교에 나오지 않았으니 실은 꼴찌를 누가했느냐에 싸움이었다. 학생이면 모두가 중요하게 생각하고 예민했던 시험 점수와 등수였는데 나와 친구들은 그것들이 중요하지 않던 시간을 보냈으니 우리가 참 특별하기도 했구나라는 생각에 웃음 지으며 다른 아이들과 달랐을 뿐이지 틀렸던 건 아니던 친구들을 추억하며 주차장에 도착했다.

12. 예식장과 헬스장

새벽 1시, 칠장사 주차장에 도착해 일주문을 지나 산행이 시작된다. 얼마 지나지 않아 어사 박문수 합격 다리가 보이고 내용을 읽어 보니 25세부터 시작된 3번의 과거 시험에서 8년째에 합격했다고 한다. 그 다리를 건너며 박문수의 노력에 시간을 회상해 본다. 계단을 시작으로 본격적인 산행이 시작되고 숲에 들어서자 양쪽으로 무성하게 자라난 풀을 헤치며 올라야 했다. 어릴 때 미군부대 근처에 살던 나는 동네 형과 친구들이랑 무성한 숲을 헤쳐 걸어가 부대 철장 밑으로 나 있는 구멍을 통해 수영장에 잠입해 수영을 했다. 동네는 물론이고 시내로 나가도 수영장 하나 없던 시절에 다이빙 시설까지 갖춰진 부대 수영장은 그야말로 환상적인 놀이터였다. 주말에만 이용이 가능했던 이유는, 평일에 가 봤지만 한적해서 바로 들킬 것 같아 돌아왔기 때문이다. 내 키의 두 배만 하던 풀 속을 헤쳐 나감에 쓸리고 상처가 나도 설레던 모험에 시간이 떠오르며 칠장산으로 향하는데 큰 나무가 쓰러져 길을 막고 있어 그 밑을 빠르게 지나려다 최근 설악산에서 나무가 쓰러져 인명 피해가 발생했다는 뉴스가 떠올라 우회해서 지나왔다. 정상에 도착한 듯했지만 지금은 헬기장으로 사용되어 정상석 이설로 100미터를 더 걸어 정상에 도착했다. 칠장산에서 칠현산으로 500미터 이동하자 어사 박문수의 몽중등과시가 보였다. 다음은 그 내용이다.

어사 박문수, 그가 장원 급제하기 전에 과거 시험에 두 번이나 낙방했다. 서른이 넘은 나이에 홀어머니 밑에서 마냥 책만 펴 놓고 세월을 보낼 수 없었던 박문수는 꼭 과거에 합격해야겠다는 굳은 결의로 세 번째 괴나리봇짐을 싸고 한양 길에 올랐다. 그는 한양길에 오를 때마다 칠현산을 넘어 칠장사에서 첫 밤을 묵었는데 매번 절에서 잠만 자고 떠났다. 그런데 이날은 어머니가 싸 주신 찹쌀 유과를 들고 어머니의 부탁을 들어드리고자 칠장사에 도착해서 나한전 앞에 섰다. 비록 도적떼 출신들의 나한이지만 어머니의 바람대로 나한들에게 기도를 올렸다. 그리고 박문수가 요사채에서 잠이 들었는데, 낮에 기도를 드렸던 나한전의 나한이 나타나 박문수에게 과거 시험에 나올 문제의 답이라며 명문장 7행을 읊어 주었다.

落照吐紅掛碧山(낙조토홍괘벽산) - 붉은빛 토해 내

는 석양은 푸른 산에 걸리고

寒鴉尺盡自雲間(한아척진자운간) – 흰 구름 사이로 까마귀 줄지어 날아간다

問津行客鞭應急(문진행객편응급) – 나루 찾는 나그네의 채찍이 급해지고

尋寺歸僧杖不閒(심사귀승장불한) – 산사로 돌아가는 스님의 지팡이도 부지런해진다

放牧園中牛帶影(방목원중우대영) – 초원 위 풀 뜯는 소 그림자 길게 눕고

望夫臺上妾低鬟(망부대상첩저환) – 댓돌 위 남편 기다리는 아낙의 쪽 진 머리 뒤로 처진다

蒼煙古木溪南路(창연고목계남로) – 저녁연기가 파랗게 남쪽 마을 계곡에 피어오르고

"다음 마지막 한 행은 네 스스로 완성하거라"

너무도 선명한 꿈이었다. 박문수는 이를 명심하고 과거에 응했다. 과장에 나온 시제를 보니 꿈에 본 그대로라 꿈에서 본 시 7행에 1행을 덧붙여 제출했다.

短髮樵童弄笛還(단발초동농적환) - 까까머리 아이는 풀피리 불며 돌아오누나

그리고 박문수는 장원 급제하게 되었다. 이것이 바로 유명한 박문수의 '몽중 등과시(夢中登科詩) 낙조(落照)'이다. 칠장사의 일곱 나한에 바친 박문수의 찹쌀 유과는 오늘날 수험생들에게 합격을 기원하며 찹쌀떡을 주는 것의 유래가 되었다고 한다.

찹쌀떡의 유래가 어사 박문수와 그의 어머니에 이야기라니 뜻깊은 내용을 알아 가는 시간이 마치 여행길과 같아 즐거워 몽중등과시를 한 번 더 읽고 칠현산으로 걸음을 옮겼다. 가을의 끝자락을 알리는 바람에 흔들리며 부딪치는 나뭇잎 소리, 낙엽도 깊어진 가을이 되면 그냥 떨어지는 게 아니라 수만 번의 바람에 흔들리고, 수백 번의 비를 맞아야 떨어진다는 것을 깨닫는다. 내가 중학교 때부터 만나던 동갑내기 여자친구가 있었는데 고등학교 때까지 열 번은 헤어지고 만나기를 거듭했다. 물론 끝내 헤어졌지만, 그렇게 매번 흔들리던 마음은 결국 믿음을 흔들어 떨어트렸다. 헤어지고 다시 만나기를 반복했던 이유는, 아쉬움인가 그리움인가, 아니면 편안함이었을까. 그것도 아니면 매번 싸우기를 반복해 들었던 정 때문인지도 모르겠다.

잠시 서서 수없이 흔들렸을 떨어지는 낙엽을 바라보며 다투고 헤어지길 반복하던 학창 시절의 연애가 이와 같았음을 그 시간이 부디 좋은 기억으로 남길 바라며 다시 걸었다.

능선 옆으로 걷는데 바람 소리는 작아지고 밟히는 낙엽 소리가 커진다. 그렇게 칠현산 정상에 도착했는데 이게 대체 무슨 일인가!? 정상 옆으로 자란 두 그루의 나무에 철사를 감아 의자를 만들어 놓은 게 아닌가. 시간이 꽤 지났는지 나무를 파고들고 있었다. 손으로 풀어 보려 노력했지만 손가락 두께의 철사는 단단히 고정되어 움직이지 않았다. 별수 없이 나무에 '곧 다시 와서 풀어 줄게'라 말하고 아쉬운 마음으로 경기도를 넘어 충북 진천에 덕성산으로 향했다. 칠장산과 칠현산에서의 조망은 없었지만 덕성산으로 향하는 곳에서 강하게 부는 바람에 어디론가 떠가는 구름 사이로 어둡지만 푸른 하늘, 달과 별이 맑게 보였다. 정상에 도착해 조금 더 이동하니 정자가 나오고 진천의 화려한 야경을 눈에 담고 다시 칠현산 방향으로 하산을 시작했다. 내리막길은 경사와 낙엽으로 미끄러워 철제 펜스를 잡고 옆으로 발을 디디며 조심히 걸어야 했다. 아래로 내려갈수록 위에서 날려 온 낙엽이 발을 덮어 안전을 위해 속도를 최대한 늦추고 천천히 내딛는데 명적암 방향에서 들려오는 대종

소리가 땡~ 땡~ 크게도 울려 퍼졌다. 스님들은 참으로 부지런하시다. 언제나 절이 있는 산에 오르면 이 시간에 어김없이 종소리가 들리니 잠들었던 자연에 아침을 여는 사람이 바로 스님이 아닐까 생각한다. 임도로 나와 걷는데 길가에 버려진 플라스틱 용기를 주워 보니 ○○ 국수다. 고등 시절 토요일 친구들과 밤새 마시고 놀다 친구 집에서 늦게 잠들면 다음 날 11시쯤 일어나 동네 농협으로 가는 날이 많았는데, 이유는 결혼식장에서 굶주린 배를 채우고 해장을 하기 위해서다. 친구 서너 명이 식장에 들어가 결혼하는 분의 이름 하나를 외워 곧장 식당으로 입장해, '안녕하세요 ○○형 동네 동생들입니다.'라 말하고 해장을 시작했다. 당시 예식장 어느 곳을 가도 기본으로 세팅되던 반찬은 비슷했는데, 김치, 떡, 동그랑땡, 동태전, 홍어무침, 그리고 메인은 국수였다. 그렇게 반찬이 한상 차려진 테이블에 주방에서 나눠 주는 국수를 하나씩 받아와 우선 국물로 해장을 하고 나서 동그랑땡을 집중 공략해 다 먹고 나면, 동태 전에 젓가락이 모이기 시작하고 이내 국수에 김치를 올려 휘저어 얼큰한 김치국수를 먹기 시작했다. 순식간에 한상이 비워지고 계속해서 '반찬 좀 더 주세요.'를 외치던 우리는 자리에서 일어나 주방으로 향해 직접 반찬을 공수하기도 했다. 그렇게 평균 7~8상을 먹었는데, 최고를 찍은 건 4명이서 반찬 10상에 인당 3국수였다. 돈은 없어도 '깡'은 있던 그 시절, 일요일이면 예식장으로 향하던 우리들에 즐거움과 맛있게 먹고 나서 든든해진 배를 서로 내밀며 배가 터질 것 같다고 말하며 웃던 아득한 그때가 떠올라 웃으며 걷는데, 오늘도 동네 개들은 나로 인해 기상이다. 그렇게 짖어 대는 소리가 멀어지며 나는 주차장에 도착했다.

집으로 돌아와 휴식을 취하는데 도저히 쉬어도 쉬는 게 아니다. '철사' 그 생각이 지워지지 않아 다시 씻고 산행을 준비하며 집에 있는 커터와 절단기를 찾아보는데 새끼손가락 둘레의 철사를 자를 만한 것은 보이지 않아 답답했다. 그러자 와이프가 아파트 경비실에서 빌릴 수 있을 거라고 말해 경비실로 가 꽤 큼지막한 절단기를 빌렸고, 이제 모든 준비는 끝났다. 내가 살면서 무엇을 이렇게 지키고 싶던 게 있었나? 라는 생각으로 이동하는데 명적암으로 오르는 도로는 차가 떨어질까 말까 한 조마조마한 넓이로 극도에 긴장을 주었고, 실제로 뒷바퀴 한쪽이 도로를 조금 벗어나 상당히 당황했지만 눈을 부릅뜨고 주차장에 간신히 도착해 다시 칠현산을 오르기 시작했다. 집게 없이 걷는 기분이 이런 건가, 양손을 자유롭게 쓰면서 산행하니 너무도 편했다. 아까 왔을 때 이미 경사도를 알았기에 가파른 경사에도 평소보다 안정된 호흡으로 오를 수 있었는데, 자연을 지키고 상처를 치유해 주기 위해 올라서일까? 보기 힘든 연리지(두 나무의 가지가 서로 맞닿아서 결이 서로 통한 것)가 눈에 보였다. 매번 야밤에, 그것도 쓰레기를 주우려 바닥만 보고 걸어서 그런지 가을에 끝자락으로 물든 숲길에 단풍이 정말 예쁘기도 하다. 까마귀도 자신이 앉을 나무를 치료해 주러 온 걸 아는지 흥겨워 노래를 부르고, 바람도 땀을 식혀 줄 정도로 적당히 불어와 몸도 마음도 힐링 그 자체다. 잠시 부는 바람과 해져가는 노을을 바라보며 앉아 쉬다 흙을 한 줌 쥐어 부는 바람에 날려 보는데, 나무 사이를 뚫고 들어오는 빛에 마치 금가루처럼 반짝이며 흩어진다. 고2가 되던 해, 친구들 사이에서는 PC게임 'StarCraft'가 무섭게 번지고 있었고 불과 몇 개월 지나지 않아 하루가 멀다 하고 주변 건물에는 PC방 간판이 올라갔다. 나도 대학생이 된 형이 군대 가기 전에 쓰던 컴퓨터와 혼연일체가 되어 가기 시작했다. 대부분 컴퓨터와 플레이하는 single play를 했고, 가끔 pc방에 가서 불특정 다수와 플레이하기도 했는데, 문제는 온통 영어로만 써진 play 버튼과 게임 속 대화도 영어로만 해야 했기에 go? back?만 쓰거나 알아들었고 그마저도 상황이 급하면 go는 g, back은 b를 연속으로 눌러 같은 편에게 메시지를 전달했다. 그러다 누군가 내가 모르는 영어를 사용하면 답답해진 나는 ?? 물음표를 던졌고 이에 상대방은 끝없는 물음표로 응답해와 결국 내가 더 답답해지는 상황에 이르러 집에 와서 사전을 펴 놓고 그 영어 뜻과 스펠링을 외우기 시작했다. 성인이 된 지금 회화는 안 돼도 단어는 꽤 많이 알고 있는 편이라 사회생활을 하는 데도 가끔 사용하는데 게임을 향한 의지가 또 다른 학문과 세상을 열어 준 것과 같아 그 또한 감사한 시간이다. 어디선가 받은 용돈이라도 생기는 날엔 PC방에서 끼니까지 해결했는데 컵라면에 핫바 하나면 한 끼로 충분했고, 돈이 없을 때는 친구들 만나러 간다고 말하며 어머니에게 간절히 빌고 빌어 얻어 낸 구깃구깃한 몇 천 원을 들고 PC방으로 달려갔다. 그날은 자리에 앉는 동시에 시간이 언제 다 될까 조마조마했고, 그래서인지 게임에서 질 것 같으면 포기하고 방에서 나와 같은 편을 지게 만들고 다른 방에 들어가 플레이하던 생각에 미안함이 들기도, 그 시점을 기준으로 흙을 밟고, 만지고 몸을 움직여 밖에서 놀던 시간은 지워지고 의자에 앉아 모니터 속으로 빠져드는 디지털 시대로 빠르게 변화했으니, 이 부분도 뭔가 씁쓸하기도 해 쓴웃음을 지으며 바지 위에 떨어진 흙을 툭 털고 일어나 다시 걸었다.

칠현산 정상에 도착해 장갑을 끼고 절단기를 꺼내 철사 제거를 준비하고 하나씩 잘라 간다. 조금씩 숨통이 트이는 나무를 보니 기분이 편안해지는 시간도 잠시, 풀린 철사를 내려놓자 메어 있던 부분이 깊이 패어 가슴이 아팠다. 그래도 겨울이 오기 전 충분히 잘 치유되어 건강하게 자랄 거라 믿으며 끌어안아 '미안해'라 말하고 장비와 철사를 챙겨 풀린 나무를 가까운 곳에 두지 않고 멀리 보이지 않는 곳에 숨겨 둔다. 비슷한 두께에 제각각인 나무를 보니 초등학교 때 먹던 100원 단위의 떡볶이와 중학교 때 먹던 봉지 떡볶이는 잊히고 고등학교 들어서 즐겨 먹던 '즉석떡볶이'가 생각났다. 이것은 내가 만들어 먹는 듯한, 실제로 조리가 자유자재로 가능했던 그야말로 요리였다. 학교 정문에서 5미터 떨어진 곳에 ○○ 분식점은 친구 어머니 가게였다. 점심시간 5분 전이면 양반다리를 풀고 슬리퍼에 발을 끝까지 밀어 넣고 종이 울리기만을 기다리다 12시를 알리는 종소리에 부리나케 달려가 친구들과 떡볶이를 주문했다. 즉시 가스로 불을 켜는 버너와 한 그릇 넘치게 쌓인 단무지가 세팅되고 잠시 후 친구 어머니의 두 손에 들린 떡볶이와 어묵이 듬뿍 담긴 냄비가 버너 위로 올라와 불이 켜진다. 끓여 먹는 떡볶이라니! 그것도 어느 정도 먹으면 라면사리 두세 개를 시켜 물을 적당량 부어 라볶이를 해 먹으면 정말 꿀맛이었다. 친구 서너 명이 그렇게 든든히 먹어도 5천 원이면 충분했던 것 같은데 그 친구와 어머니는 아직 그곳에서 분식점을 하고 계신다.

몇 해 전인가 TV에 맛집으로 방영되고 나서는 사람들이 줄지어 찾는다던데 조만간 지인들과 가서 인사도 드리고 그 시절을 추억하며 떡볶이도 먹어 봐야겠다. 아무튼 그렇게 떡볶이 하나에도 초, 중, 고를 배경으로 시시각각 변했던 시간이 재밌기도, 뭔가 소소한 아쉬움도 남는 생각에 나무를 정리하고 하산을 시작했다. 문득 하늘에서 산을 내려다보면 어떤 모습일까 생각해 보니, 높이에 의미가 없는 그저 다 같은 산으로 보일 뿐이라는 것을 깨달았다. 산에서 내려와 가방에 넣어 둔 철사를 꺼내 콘크리트에 올려 두니 마치 검은 실타래처럼 보여 중국집 자장면이 떠올랐다. 아버지가 중국집을 운영하시는 친구가 있었는데, 그 친구를 따라 가끔 자장면을 먹으러 가면 어김없이 내어 주시던 탕수육과 군만두를 자장면에 비벼서 쌓아 먹던, 공짜로 먹던 그 맛이 얼마나 기막혔는지 잊을 수 없어 군침이 도는 시간에 집에 도착해 자장면과 탕수육, 그리고 군만두를 시켜 가족과 함께 먹는데 갑자기 중학교 졸업식이 생각났다. 졸업식이 끝나면 으레 가족과 식사를 하는 게 기본인데도 나는 아버지 어머니에게 빨리 집으로 가라고 친구들과 먹겠다고 부모님을 밀어 내고 보내기에 급급했다. 실은 친구들은 다 부모님과 먹는데 나는 그냥 멋스럽지 못한 부모님이 부끄럽고 창피했다. 부모님을 보내고는 친한 친구 부모님을 따라 중국집에 가서 자장면과 탕수육을 먹곤 했는데 나는 즐거워 웃으며 음식을 먹고 있을 때, 부모님은 무거운 마음으로 제대로 식사나 하셨을지 이제야 후회되고 죄송함에 마음이 아려 온다. 아, 그리고 자장면과 관련된 에피소드가 하나 더 있는데, 친구네 중국집 건물 뒤로 목욕탕(여탕)이 붙어 있었는데 친구가 보러 가자고 해서 구멍이 난 곳을 보려고 하는데 주인 아주머니와 눈이 딱 마주친 게 아닌가! 일단 살고 봐야 하니 즉시 줄행랑을 쳤는데, 나야 도망쳐서 살았지만 친구는 또 아버지에게 얼마나 맞았는지 방학이었는데 자주 보던 골목에 며칠 동안 나타나지 않았다. 나중에 알게 되었지만 초범이 아니라 엄청나게 맞았다고 했다. 그 얘길 듣고 얼마나 웃었는지 친구는 웃는 나를 보며 울상이었던 모습이 떠오른다. 그리고 친구 아버님에게 감사하다. 친구를 추궁해 나를 잡으러 오실 수도 있으셨을 텐데도 그러지 않으셨으니까. 아무튼 내겐 그렇게 뜻깊은 자장면을 이젠 배달로 쉽게 접하는데 옛날에는 주인 아저씨가 직접 배달하시고 다시 찾아 가시면서도 무료였는데, 지금은 가까워도 유료에 일회용기로 배달되니 그로 인해 버려지는 플라스틱이 엄청나 자연을 훼손하고 있다는 게 더 큰 문제다. 플라스틱에 담겨 왔던 음식을 비우고 깨끗하게 씻어 찾은 분리수거장에서, 이미 가득한 플라스틱 재활용 박스를 보고 불편한 마음으로 하루를 마쳤다.

다음 날 새벽 2시 조비산 주차장, 계단으로 산행이 시작된다. 계단이 끝나자 묘지가 나오는데 여러 개의 묘비가 연이어 서 있는 걸 보니 일반 묘지는 아닌 것 같다. 길지 않은 거리로 약 40분 정도 오르니 정상 200m를 알리는 표지와 함께 거대한 바위 아래로 동굴?이 보이고 그쪽으로 서너 개의 텐트가 자리 잡고 있다. 경사가 심한 계단을 보니 헬스장에 가면 천국의 계단이라는 운동기구가 있는데 그것처럼 각도도 높이도 길이도 끝이 없다. 고등학교 때 사고뭉치였던 나는 드디어 7년의 수련(태권도)을 끝내고 헬스로 전향했다. 태권도는 대학을 가야겠다고 열심히 했던 거였고 실제로 전국 대회에서 수상을 하기도 했지만, 우리 집 여력을 알고 있던 나는 과감하게 포기했다. 헬스를 시작하게 된 건, 당시 인기스타였던 차인표, 정우성, 이정재 등이 대부분 몸짱이었기 때문이다. 그래서 나도 그들처럼 어깨와 팔 근육을 만들어 민소매티를 멋지게 입어 보겠다는 게 시작이었다. 헬스장엔 관장님과 이름이 비슷한 삼 형제가 상체가 드러난 찢어진 옷에 멋진 근육으로 늘 운동하고 있었는데 이름이 네 글자라 기억에 남는다, 남궁○○이었다. 지금도 그런지 모르지만 당시에는 헬스장 한쪽에 영어로 쓰인 통들이 전시되어 있었는데, 각자 이름은 달랐지만 2,000/3,000/5,000이라는 숫자와 다 같은 문구 'protain'이 쓰인 플라스틱 통이었다. 숫자가 높을수록 가격도 높았는데 단백질로 만들어진 가루를 물에 희석해 먹는 근육강화제다. 헬스장 관장님은 운동을 가르치기보다 여기저기 다니면서 단백질 판매에 최선이었던 거로 기억한다. 나도 한 통 사서 열심히 흔들어 먹으며 몇 개 들지도 못하는 무거운 바벨을 들고 으으! 소리를 외치던, 마지막으로 들어올리고 내릴 때는 '우어어!'라고 외쳐 헬스장에 울려 퍼지던 여러 사람들에 기합? 소리를 추억하며 조비산 정상에 도착했다. 흔들리는 태극기 뒤로 비치는 화려한 야경과 시원한 조망을 눈에 담고 하산을 시작했다. 계단의 각도가 오를 때 보던 것보다 아찔해 양손으로 계단을 이어 놓은 나무를 잡고 천천히 내려가 숲길로 접어들어 주차장에 도착했다. 아, 그리고 고등학교 때 열심히 했던 헬스는 내가 졸업하고 군대를 제대한 뒤 사회생활에 첫발을 내디뎠던 스포츠센터 헬스코치가 되는 길을 열어 주었다. 대중화가 되기 전이던 그때는 자격증 없이도 누군가 가르치고 있으면 코치로 불렸으니 가능했던 일이지만. 물론 처음부터 누군가를 가르치는 일은 없었다. 매일 새벽 첫 버스를 타고 5시 30분에 출근해 화장실과 샤워장을 청소하고 세탁기에 돌려놓았던 수건을 꺼내 옥상에 올라가 하나하나 힘껏 털고 빨랫줄에 널은 뒤 헬스 기구를 전부 닦는 일이 내 주요 보직이었다. 널었던 빨래는 비라도 오는 날엔 문을 박차고 뛰어 올라가 걷어 탈의실에 건조대를 펴고 다시 널어야 했지만. 그래도 그런 시간에 악착같은 내가 만들어져 그나마 차가운 사회에 적응하고 살아남는 계기가 되었다고 믿는다. 첫 직장이었던 평택 스포츠센터(스쿼시, 헬스, 에어로빅)를 Open 했던 팀을 따라 약 1년 뒤 수원으로 옮기게 되었다. 시작은 카드 전표를 들고 거리로 나가 길에서 회원을 모집하거나 아무 건물이나 문을 열고 들어가 불특정 다수에게 Open 전 초특가 할인이 적용된 6개월, 1년 이용권을 설명하고 계약이 성사되면 그 자리에서 즉시 카드 매출전표를 꺼내 전표 속에 카드를 넣고 긁어 카드번호를 받아 내는 형태였다. 당시는 센터가 오픈하기 전이었으니 당연히 월급도 그 전표를 대상으로 정해졌는데 나는 처음이라 하루 2건이면 대박을 냈던 거고 그마저도 없던 날이 많았다. 반면에 같이 일하던 선배들은 지금까지 이 일을 해 오던 베테랑이기도 했지만 잘생기고 키도 커서 매일 오후 6시면 사장실에 모여 그날의 실적을 확인했는데, 각자 가방에서 엄청나게 많은 양의 전표를 꺼냈다. 그다음에도 그들은 1년이 조금 지나 센터가 안정화가 될 즈음 경기도 이천으로 떠났지만, 나는 고향으로 돌아왔다. 그 1년간 나는 막내 선배와 모텔에서 묵었는데 매일 청소와 수건, 운동복을 빨고 기구를 정리하고 나서 퇴근했기에 밤 12시가 다 되거나 자정이 지나 숙소에 도착했다.

그 매일 밤, 한 손에 들려 있던 소주 한 병과 맥주 1.5리터를 적당히 섞어 먹던 일명 소맥은 지금까지 습관이 되어 늘 곁에 두고 술을 즐기는 계기가 됐다. 다시 고향으로 돌아온 내가 할 수 있던 일은 열심히 해 봐야 한 달에 100만 원을 넘지 못하는 돈으로 보기에만 멋져 보이던 동종 업이 아니었고, 그렇게 새롭게 시작한 일이 '물류센터' 쉽게 말해 공장이다. 친했던 동네 형이 그나마 공장 중에 급여가 좋다고 해서 들어간 곳에서 4개월을 일명 까데기(물건이 들어 있는 박스를 뜯거나 치우는 일)로 수습 기간을 거쳐 드디어 제대로 된 업무를 하달받았는데 그 업무가 바로 리어카를 끌고 다니면서 A1, B3, D7 등 번호가 붙은 물류센터를 돌며 제품을 넣거나 빼오는 일이었다. 공장에서 1년 6개월을 보내다 교통사고가 나면서 일은 더 이상 하지 못하게 되었고, 입원해서 치료를 받던 내게 합의하러 왔던 S사 직원이 보험 영업을 해 보지 않겠냐는 말에 손사래를 쳤다. 퇴원하고 백수가 되었던 나는 PC방에서 종이컵에 따라온 커피를 마셔야 하지만 먼저 마셨던 컵을 담배 재떨이로 사용하다 그것을 마셔 버리곤 화장실로 달려가 입을 헹구는 폐인 생활이 길어지던 어느 날, 게임 에러로 5분 뒤 재접속이 가능했는데 문득 그의 말이 떠올라 '보험설계사'를 검색해 보니 자본 없이도 많은 돈을 벌 수 있다고 나와 있어 곧장 집으로 가 옷을 갈아입고 찾아온 회사가 지금 내가 일하는 곳이다. 보험사 문을 살짝 열어 보니 대부분 나이가 드신 분이어서 슬쩍 문을 닫으려는데 어느새 내 손은 지점장에게 잡혀 있었고 그렇게 나는 별수 없이 면접을 봤다. 20분 정도 면접을 하고 나서 회사 옆에 있는 순두부찌개 가게에서 식사를 했던 게 나의 회사 첫 끼다. 집에 돌아오는 길에 주머니를 뒤져 보니 천 원이 있어 소주 한 병과 새우깡을 사서 방에서 일을 잘 하고 싶고 성공하고 싶은데 어떻게 해야 하나, 고민하다 문득 낮에 지점장이 했던 말 중에 '전문직'이라는 말이 서너 번 나와 전문직에서 성공한 사람을 뭐라고 부르나 생각해 보니, '전문가'였고 전문가는 어떤 사람을 전문가라고 부르는지 생각해 보니 그 일에 대해 많이 아는 사람을 전문가라고 부른다는 것을 깨달았다. 그래서 나는 '나보다 많이 아는 사람이 없도록 만들면 내가 이 바닥에서 1등 하겠구나!'라는 결론에 다다랐다. 그렇게 23살에 나는, "많이 힘들고 어려울 것이다, 그렇더라도 잊지 말자 많이 알면 반드시 성공한다."라며 야망에 꽃을 심었다. 소주 한 병, 새우깡과 나누었던 다짐이 지금의 나를 만들었으니 참 고마운 녀석들이다. 그때 났던 교통사고도, 보험사 직원에게도 내 삶의 가장 중요한 계기가 되어 주었기에 그저 감사한 마음으로 그 시절을 추억하며 주차장에 도착했다.

13. 백바지와 월담

새벽 12시, 춘천 용화산 사여교 주차장에 도착해 준비를 마치고 임도에 첫발을 내딛는다. 산에 다닐 때면 ○○교라는 교량을 자주 보는데 고3이던 어느 날, 군문교라는 다리 근처에 살던 친구가 한국형 스포츠카의 1세대였던 현대 '스쿠프'를 몰고 나타났다. 흰색 스포츠카는 너무도 멋지고 예뻤는데 원래 소리가 컸던 건지 모르지만 외국 영화 스포츠카에서나 들리던 소리를 냈고, 조수석을 앞으로 젖혀야 뒤로 간신히 두 명이 탈 수 있었기에 대부분 친구와 나, 둘만 타고 학교 앞과 시내를 돌아다니기 바빴다. 그러던 어느 날, 갑자기 부산 여행 이야기가 나왔고 출발 전 야심찬 계획을 준비했다. 첫째는 태종대에서 동해바다의 파도와 풍경을 만끽하고 여행 코스에 있는 열차를 타 보는 것이고, 둘째는 남포동 포장마차 거리에서 부산 앞바다의 싱싱한 수산물에 한잔, 셋째는 내가 학창 시절 모시?던 형을 만나 맛있는 걸 얻어먹는 것, 넷째는 부산의 중심! 해운대를 거닐고 나서 나이트에 투입한다는… 모든 준비를 마친 우린 토요일 새벽 5시, 첫 번째 목적지인 태종대로 출발했다. 차 안에는 시가잭을 이용한 충전으로 사용이 가능했던 CD 플레이어가 있었는데 당시 최고의 유행곡이었던 터보의 'Love is'를 크게 틀고 경부고속도로 위를 마치 하늘을 날듯 빠르게 달렸다. 점심시간이 다 되어 가는 때 드디어 태종대에 도착해 태종사 관람을 시작으로 전망대에서 시원하게 불어오는 바람, 힘차게 밀려와 부딪치는 동해바다의 파도에 우와!라며 소리치고 관람 열차를 타고 내려왔다. 남포동으로 이동하기 전, 배가 고파 태종대 근처 식당에서 생선구이로 아침 겸, 점심을 해결하고 남포동 포차거리로 이동해 숙소를 잡고 잠깐 쉬어 가기로 했다. 새벽 출발에 피곤했는지 5시가 되어 일어나 포차 거리로 향했다. 노상에 즐비한 포차와 의자 사이로 수많은 사람이 지나고 있었고 두리번거리며 뭔가를 찾고 있던 우린, 여자 손님이 좀 더 많은 쪽에 슬쩍 자리를 잡았다. 음식을 주문하는 건 이미 살던 곳에서 다니던 포차와 비슷한 게 많아 당황하지 않고 멍게와 꼬막 구이를 주문했는데 당시엔 주민등록증을 검사하는 일이 많지 않았기에 가능했던 일이다. 그렇게 친구와 부산 길거리의 야경과 사람들에 취해 있을 때 걸려 온 전화 한 통, 부산에 먼저 내려와 자리를 잡았던 선배였다. 어디냐고 묻는 말에 '남포동 포차에 있습니다.' 했더니 택시를 타고 어디 어디 횟집으로 오라고 해서 도착한 곳엔 진수성찬이 차려진 테이블에 형이 일어나 웃고 있었고 셋은 마치 이산가족 상봉하듯 끌어안고 안부를 물으며 즐거운 대화를 이어 갔다. 다음 날 12시에 깬 우린 짬뽕으로 해장을 하고 해운대로 출발했다. 8월에 해운대, 넘쳐 나는 사람들과 시원한 바닷가에서 멋진 스포츠카가 지나가는 걸 보며 우리도 나중에 꼭 잘 살자는 약속을 남기고 집으로 돌아왔다. 저녁까지 있다가 나이트를 다녀오지 못한 게 아쉬웠지만, 입었던 옷도 좀 그랬고 돈도 여유롭지 못해 내린 과감한 결정이었다. 그렇게 생애 첫 '부산 투어'에 추억을 회상하며 임도를 따라 오르는데 동물 소리가 들려와 귀를 기울이니 소 우는 소리였다. 차 얘기가 나와서 생각난 거지만 내겐 잊지 못할 차 한 대가 있었는데, 1996년 태어난 쏘나타 III다. 2005년에 구입했으니 이미 10살로 폐차 직전이라 120만 원에 싸게 구입했는데 한 달도 되지 않아 머플러 쪽에 고장이 생기면서 스포츠카 저리 가라 한 웅장?하고 시끄러운 소리를 냈다. 차를 몰고 나가면, 멋진 스포츠카를 상상했던 건지 지나는 모든 사람이 돌아봐서 민망했지만 더 큰 문제는 일을 시작한 지 오래되지도, 일을 잘 하지도 못했기에 경제력이 없던 시기라 기름 대신 당시 길거리 트럭에서 판매되던 '세녹스'(가짜 휘발유)를 넣고 다녀서인지 어느 날 사무실 근처 사거리에서 신호를 기다리는데 보닛에서 연기가 올라와 밖으로 나가 확인하니 소리가 심상치 않았다. 즉시 보험사에 연락해 기다리길 몇 분, 꿀렁꿀렁 칙칙 소리를 내던 차가 폭발했다. 영화처럼 큰 폭발은 아니었지만 엔진에 붙었던 불로 결국 폐차장에 보내야 했다. 그때 동물적인 감각으로 멀찌감치 떨어져 기다렸기에 지금 숨 쉬고 있지, 확인하겠다고 보닛을 열고 만졌다면 나도 차와 함께 떠나야 했을 수도 있던, 지나고 나니 즐거운 추억이 되어 준 그 차를 생각하며 조금 더 오르니 신통암이라는 작은 암자가 나오고 옆으로 계곡 소리가 커지며 곧 숲길로 들어섰다. 안개 때문에 시야가 좋지 않은 데다 이정표 하나 없는 캄캄한 산길을 걸은 지 30분, 계속해서 이 길이 맞는 건가?라는 의문이 머릿속에 가득해 평소보다 발걸음이 급해지고 심장은 두근두근 뛰기 시작했다. 평소 자주 보이던 산악회 시그널조차 없어 조급해지던 찰나 드디어 보이는 '폭발물 처리장' 이곳을 지나는 것이 정상으로 향하는 방향임에 안도에 숨을 크게 내쉬고 그 옆 철문을 지나 깊은 산속으로의 산행이 시작된다.

바스락, 겨울이 찾아오는 낙엽 밟히는 소리다. 어릴 적에 라면을 양손으로 쥐어 부시고 흔들어 봉지 위를 벌려 스프를 꺼내 마법가루를 뿌리고 다시 봉지를 잡고 흔들어 즐겨 먹던 세상 맛나던 라면 과자. 스프 하나를 다 넣으면 짜서 반만 넣어 먹은 뒤, 남은 스프는 뜯었던 곳을 손톱으로 꼭 눌러 버리지 않고 귀하게 챙겨 놓는다. 마땅한 반찬이 없을 때 남은 스프와 밥을 넣고 끓여 먹으면 라면 한 개로 맛있는 요리를 두 번 먹게 되니까. 라면 과자를 다 먹고 나면 아래 남아 있는 스프를 엄지와 검지로 집어먹기를 반복하다 마지막엔 손바닥에 봉지를 뒤집어 털어내 혓바닥으로 몇 번을 핥아먹고 손을 닦았는데 마지막 스프에 섞여 있는 건더기는 왜 또 그렇게 맛있는지, 라면 하나로 행복하고 끼니를 채우던 그 시절이 떠올라 더 검소하고 나누며 살아야겠다는 생각으로 걸었다.

옅게 물이 흐르는 계곡길에 울퉁불퉁한 바위를 지나 다시 미지의 숲길로 들어서 이 길이 맞는 걸까?라는 생각으로 걷는데 드디어 나온 첫 번째 벤치, 제대로 왔다는 안도감에 잠시 멈춰 서지만 그 아래로 보이는 나무에 불을 붙여 음식을 해 먹고 버려진 용기와 쓰레기를 보며 크게 당황했다. 산에서 담배도 모자라 불을 지펴 음식을 해 먹다니 정말 제정신이 아니다. 타 버린 쓰레기를 깨끗이 담고 다시 큰고개를 향해 출발한 지 1시간이 지나 사여교 4.3km 큰고개 0.3km이 적힌 첫 이정표를 보니 얼마나 반가운지, 매일 보는 사람, 물건, 애완동물도 한동안 보지 못하면 이렇게 반가워하는데 곁에 있을 때는 그 소중함을 놓치고 사는 듯해 지금 내가 함께하는 것들을 떠올리며 감사에 시간으로 드디어 임도에 있는 큰고개 앞에 도착했다.

잠시 숨을 고르고 등산 코스를 숙지한 뒤 산행을 시작하는데 시작부터 급경사에 오르막이 만만치 않다. 곧 암릉과 바위가 이어진 급경사에 펜스와 발 디딤 용 철판을 밟고 오른다. 그렇게 한참을 올라 그동안 보지 못한 계단과 마주하니 반가워 웃음이 나고, 계단의 끝을 올랐지만 다시 시작된 로프와 암릉을 지나 주능선에 들어서는데 용화산에는 정말 멋진 소나무가 많다. 서로 내가 더 멋지다고 자랑하듯 우아하고 멋스럽게 휘어져 자란 나무들을 바라보며 고교 시절 토요일이면 각자 멋지게 차려입고 시내로 향하던 나와 친구들이 떠오른다. 당시 우리에겐 라코스테, 먼싱웨어, 블랙앤화이트, FILA, 크로커다일 등 학생에겐 조금 과한? 패션이 유행했는데 특히나 일명 백바지로 불렸던 흰색 바지를 주로 입었고, 겨울엔 코르덴 바지가 인기였다. 시내로 나가면 시골에 명동으로 불리던 골목길에 늘 찾던 구둣가게가 있었는데 앞이 뾰족한 게 유행할 때도, 사각으로 생긴 구두가 유행하기도 했다. 당시 가격이 3만 원에서 비싼 건 5만 원 정도 했는데 큰마음 먹고 사러 가던 설렘에 얼마나 두근거리던지 하루 종일 마음이 들떴다. 구두와 멋진 옷을 입고 나갔던 시내에서 각자 멋을 낸 친구들은 주머니에 손을 넣고 으스대며 시내 중간에 자리 잡은 빵집 앞에서 지나는 사람을 구경하거나 시내가 한눈에 보이는 2층 커피숍에서 수다를 떨었다. 앞서 백바지 이야기에 떠오른 잊지 못할 기억이 하나 있다. 여름 방학 한 달 내내 내 전공(미군부대 막일)을 살려 일해서 옷과 구두를 사고 실컷 멋을 부리며 시내를 배회?하고 있는데 형들이 오토바이를 타고 다니는 모습이 부러웠던 우리는 88이라고 불리던 농사를 하시는 분이나, 배달하던 분들이 많이 타던 오토바이를 훔쳤다. 그런데 그 오토바이로 오토바이 가게 앞을 지나는데 갑자기 야이! XX들아!라는 소리가 들려 쳐다보니 오토바이 가게 앞에 몇 명이 모여 손가락으로 우리를 가리키며 소리를 치고 있는 게 아닌가, 뭔가 잘못되었다는 생각이 든 것도 잠시, 곧 더 크고 빠른 오토바이 두 대가 클랙슨을 울리며 따라오는 게 아닌가, 알고 보니 그 오토바이를 팔았던 가게를 지나다 사장님과 오토바이 도난에 대해 이야기 중이던 주인에게 걸려 덜미를 잡힌 거다. 그렇게 긴 추격전 끝에 도망가다 논두렁에 빠진 우린 뒤지게 맞고 경찰서로 연행되었고, 다행히 아버지와 친분이 있던 오토바이 주인 아저씨가 용서해 주셔서 순방 조치되어 입건되는 일은 일어나지 않았지만, 아버지에게

끌려가 다시 한 번 맞고 한 달 동안 열심히 일해서 구입했던 딱 한 번! 입은 라코스테 백바지와 백티는 한참을 두들겨 맞아 다 찢겨졌다. 맞아서 아픈 것보다, 옷이 다 찢어진 게 속상해 울던 기억에 웃으며 마지막 계단을 넘어 정상에 도착했다. 배후령과 고탄령으로 가는 길은 낭떠러지 정도의 경사에 관리가 되지 않아 곳곳에 토사가 무너져 있었고, 나무와 철근으로 설치된 안전 펜스도 곳곳이 무너져 위험해 어느 때보다 한발 한발 집중해서 걸어야 했다. 하산을 하는 건지 다시 산을 오르는 건지 모를 만큼 급경사에 오르내림이 계속되고 조금 내려오면 그 두 배만큼 오르는 기분에 조금씩 지쳐 가기 시작했다. 고탄령에 도착해 내려가는 길은 전혀 보이지 않았고 그렇게 시작된 긴 여정, 미지의 탐험! 알바(길을 잃었다는 뜻의 산행 용어)가 시작되었다. 1시간을 길이 아닌 길로 내려가는데 앞에서 동물의 움직임이 느껴져 확인하니 서너 마리에 멧돼지 무리였다. 그들도 어두운 시간에 가슴엔 하얀 봉지를, 한 손에는 꼬챙이를 들고 있는 나를 보고 놀랐는지 서둘러 자리를 피했다. 길이 아닌 계곡을 걸으며 신발이 물에 빠지고, 힘겨운 시간으로 걷다 미끄러져 오른쪽 엉덩이와 정강이, 손을 부딪쳐 차가운 계곡에 손을 넣어 임시로 통증을 차단했다. 그렇게 한참이 지나 좌우를 비추던 플래시에 철망이 보였고, 흰색 플래카드 뒷부분이 보여 분명 이쪽은 위험하니 들어가지 말라는 안내가 쓰여 있을 거라 생각해 그쪽으로 발걸음을 재촉했다. 가까워지니 철망 바로 앞에 정자가 보여 그곳이 쉼터라 생각해 드디어 살았다고 안도했다. 하나 몇 미터를 앞두고 허리까지 올라온 철조망을 조심히 넘어 정자를 지나 걷는데, 길이 없다? 다시 돌아와 철망을 확인하니 아래로 공이 떨어져 있는 골프 연습장이 아닌가. 맙소사 그럼 내가 지금 가정집을 뒤로 들어온 거란 말인가. 잠시 당황했지만 다시 왔던 곳으로 넘어갈 수는 없었다. 안쪽으로 들어가 확인하는데 문제는 개라도 있다면 경찰에 체포되어 연행되는 상황이 발생할 수 있으니 떨리는 마음에 조마조마하며 만일 개가 있다면 깨지 않길 바라며 살금살금 걷는데 멀리 철판으로 만들어진 큼지막한 대문이 보였다. 문제는 플래시에 비친 문 중간에 큰 자물쇠가 걸려 있다는 것! 별수 없어 가까이 가서 확인해 보니 자물쇠가 안쪽에서 고리에 걸쳐만 있어 밖에서만 열지 못하게 되어 있었다. 터질 듯한 심장을 달래고 자물쇠를 위로 빼 문을 열고 도망치듯 그곳에서 빠져나왔다. 세상에 남의 집 뒤로 들어가 대문을 열고 나오다니… 그보다 더 신기한 건 그렇게 큰 집에 개가 없다는 사실이다. 매번 산행에 길을 잃고 주택가를 맴돌면 나를 맞이하며 짖던 동네 개들이었는데 그런 친근한? 개가 오늘은 없기에 천만다행이다. 그렇게 경찰 조사를 피해 나와 도로를 따라 걷는데 멀리 개? 고양이? 한 마리가 먼 곳을 바라보며 멍하니 서서 무언가를 기다리고 있었다. 거의 1미터?쯤 가까워져서 확인하니 너구리였다. '너굴아 뭐해?~'라는 나의 말에 나를 돌아보고는 그대로 줄행랑을 쳤다. 무언가 하염없이 기다리고 있는 너구리를 보며 수업 시간에 수업을 빠지는 일명 '땡땡이'를 쳤던 날에 무서운 선생님 시간이 남아 있어 수업을 끝까지 들어야 했던 친구를 기다리던 때가 생각난다. 가끔은 무서운 선생님의 위험을 무릅쓰고 친한 친구를 구출하기 위해 라이언 일병 구하기를 시도했는데 수업 중이던 친구 반에 문을 열고 들어가서 교감 선생님이 친구를 찾으신다고 말하고 구출을 시도하다 성공했던 적도, 걸려서 호되게 맞은 적도 있다. 중요한 건, 그 친구는 이 내용을 알지 못했는데도 불구하고 걸리면 같이 맞아야 했기에 그게 또 얼마나 재밌던지. 이유도 모른 채 같이 맞는 친구를 보다 웃음이 나서 몇 대 더 맞았던 적도 있었으니 참 용감하기도 했구나라는 생각에 그때를 추억하며 아직 어두운 시간, 새벽 5시에 주차장에 도착해 산행을 마쳤다.

다음 날 새벽 2시, 예산에 있는 수암산을 오르기 위해 세심천 호텔 주차장에 도착해 산행을 시작했다. 임도를 따라 올라 숲길로 접어들어 처음 마주하는 이정표에는 수암산 1.2km, 그제야 잠시 쉬려다 물을 두고 온 걸 눈치챘다. 다시 돌아가 오르기에는 어제 용화산에서 하산 길에 고생으로 근육 컨디션이 좋지도 않고, 거리도 아주 먼 것은 아니기에 그대로 산행을 진행한다. 20여 분 오르니 우리나라에 보물 '삽교석조보살입상' 안내가 있어 그쪽을 향해 걸었다. 내 키의 3배는 되어 보이는 바위 두 개를 연결해 만들었다는 보살상을 자세히 알아보니 높이가 5.9m나 된다고 한다. 우리나라의 석조 불상 중 머리 위에 보개를 착용하고 있는 사례는 약 80여 구가 알려져 있다고 하는데, 이 중 대부분의 보개는 원형과 사각형이라고 한다. 평면 육각형 보개를 착용하고 있는 불상은 현재까지 알려진 바에 의하면 이 불상과 북한에 위치한 고성군 월비산리 석불좌상이 유일하다고 하니 그 의미가 더 소중하게 느껴져 잠시 눈을 감고 가족의 평안과 본부원들의 건강을 기도했다. 어린 시절, 우리 집에서 불과 5미터 떨어진 곳에 절이 있었고 그곳에서 어머니는 스님들 빨래와 청소, 밥을 지어 드리는 일을 하셨기에 자연스레 그곳을 드나드는 시간이 잦았다. 아버지가 쓰러지시고 형편이 좋지 못하던 우리 집은 어머니가 해 저무는 어스름한 시간이면 절에서 비빔밥을 먹는 쟁기에 뭔가를 챙겨 오셔서 그것으로 저녁을 먹었는데 대부분 절에서 제사를 지내고 남은 음식이었다.

과일, 떡, 나물 이 3가지가 대부분이었는데, 밥을 대신해 먹어야 했던 그 음식이 정말 싫었다. 그래서인지 아직도 나는 그 3가지 음식을 찾아 먹지도, 누가 줘도 잘 먹지도, 좋아하지도 않는다. 집에서 먹는 밥이 싫어 자연스레 밖으로 나돌았는지 모르지만 어머니가 음식을 들고 누가 볼 새라 가슴에 안고 뛰어오는 모습에 우리 집 형편이 싫기도 했다. 부모님도 당시엔 최선이셨을 텐데 이해하지 못하던 어린 마음을 용서하시길 바라는 마음으로 기도드리고 다시 정상을 향해 발길을 옮겼다.

정상 직전에 있는 정자 아래로 버려진 쓰레기를 줍는데 그 밑에서 고양이들이 야옹거리며 다가왔다. 아주 작은 새끼 한 마리가 보였는데 옆에 있는 큰 고양이들이 잘 지켜 주어 산짐승에게 당하는 일이 없길 바라며 정상에 도착했다. 학창 시절 1학년 입학 초반을 지나면 같은 학교 내에서는 거의 싸울 일이 없었지만 우물 안 개구리가 싫던 나와 친구들, 그리고 형들의 호출로 어김없이 주말이면 시내로 향하는 버스에 올랐다. 시내를 주축으로 모인 각자 다른 동네, 다른 학교에서 우리 같은 마음으로 나왔던 또래 아이들과 살짝 스치기만 해도 다투기 일쑤였다. 친구 중에 대장이 있는데 그 친구와 함께 있는 날이면 뭔가 든든했고 힘이 세지는 느낌이라 더 으스대던 기억이 난다. 어느 날 그 친구가 없는 상황에 시비라도 붙으면 당황해 한명은 뛰어가 그에게 전화를 걸거나 삐삐로 긴급 상황을 알려 부르곤 했는데 일당백은 아니어도 엄청난 키와 덩치로 두세 명은 충분히 제압했기에 그가 꼭 필요했다. 한 가지 이유가 더 있다면, 우리만 그런 친구가 있는 게 아니라 각 학교 장들은 대부분 키가 크고 덩치도 컸으니 서로가 서로를 해결해 줄 필요가 있었기 때문에서다. 작게 시작된 싸움이 상황이 심각해지면 각 써클 장들이 협의해 산으로 모여 10명씩 일자로 줄을 세우고 시작!이라는 소리와 함께 서로를 향해 소리를 지르며 달려가 엉켜 붙어 10분을 싸우다 다시 중재하면 휴식과 전략을 세웠는데, 대부분 가장 센 상대방을 선제적으로 제압하기 위해 3명이 동시에 그에게 달려가는 거였다. 두세 번의 난타전이 끝나면 대부분 부축해서 산을 내려와 일반 부상자는 약국으로, 심한 부상자들은 병원으로 향했다. 싸움 얘기가 나와서 생각난 게 있는데, 고2 때 제일 친한 친구와 서로의 여자친구, 이렇게 넷이 동네 포차에서 술을 마시고 골목을 걸어가는데 반대편에서 걸어오던 남자 4명과 시비가 붙게 되었고 나름 싸움 좀 했던 나와 친구는 단숨에 그들을 제압했다. 그리고는 돌아서는데 잠깐만 기다리라고 하는 게 아닌가? 그래서 친구와 나는 '기다렸다.' 나중에 그게 그렇게 큰 화가 될 줄 몰랐던 철없는 깡으로. 조금 기다리다 오지 않아 돌아서 걷는데 정말 몇 분 지나지 않아 야! 거기 서!라는 그들의 함성?이 들려왔다. 돌아보니 10명 정도가 우릴 향해 뛰어오고 있어 우리도 서둘러 뛰기 시작했지만, 1차전에서 4 대 2로 싸워 에너지 소비가 심했던 우린 결국 붙잡혀서 한바탕 두들겨 맞고 둘에 얼굴은 형체를 알아볼 수 없을 정도로 부어올라 두 배로 커져 병원 신세를 져야 했다. 그땐 뭐가 그리 자신 있었는지 아마도 곁에 여자친구가 있어 멋지게 지켜 주는 모습을 보여 주기 위해 허세를 부린 것 같다. 병원에 입원해서는 상태가 좋지 않아 휠체어를 타야 했는데 양손으로 힘껏 밀어 양쪽 다리가 들리면 균형 맞추기로 친구와 놀며 묘기를 부리기도 했으니 철이 없어도 그리 없었나 싶다. 아무튼 저 아기 고양이도 같은 마음이 아닐까, 혼자 있으면 무서움을 느끼고 곁을 지켜 주는 가족과 함께 있으면 안정감을 느끼는. 학창 시절 몰려다니던 우리도 어쩌면 동물적인 감각으로 살아야 한다는 것을 직감한 것은 아니었을까, 생각하며 그때 친구들과 거닐던 시내를 추억하며 정상에 도착했다.

하산을 시작하고 밟히는 낙엽 소리에 문득 가을이 떠나는 것을 느꼈다. 고3이 되던 해, 내 방에도 이런 짙은 감성이 찾아왔다. 곳곳이 헤지고 찢어져 덧씌운 도배지로 우중충하던 내 방은 길게 늘어진 갈색 머리와 여자보다 예쁜 얼굴 〈가을의 전설〉 브래드 피트, 그의 포스터로 도배되어 갔고 내 마음에도 그렇게 차분한 감성과 알 수 없는 외로움, 고독이 스며들고 있었다. 사실 가을에 전설은 보지도 못했고, 그가 누구인지도 몰랐지만, 학교 앞 문방구마다 걸려 있는 포스터가 멋져 물어 물어 그가 브래드 피트라는 걸 알았고, 그의 영화나 활동보다는 그저 멋지고 잘생긴 게 닮고 싶은 마음에 사기 시작했다. 너무 궁금한 나머지 졸업이 가까워지던 때 비디오로 봤지만 멋진 남자가 말을 타는 기억만 남아 있다. 어쨌든 잘생긴 것도 잘생긴 거지만 유명했던 그를 보며 조용한 방에 누워 졸업하고 무엇을 해야 하나?라며 알 수 없는 미래에 대한 걱정과 흔들리는 마음, 기대와 설렘에 계속되던 질문은, 제임스 딘의 이유 없는 반항을 이해하려 밖으로 나돌던 나를 조금씩 청춘의 끝으로 데려가 남자로서의 삶의 시작을 알리는 이 같은 가을에 감성이 짙어졌다. 3학년 2학기, 친구들과의 시간보다 홀로 있는 시간이 늘면서 사회생활의 고민이 물들어 떨어지는 낙엽처럼 흔들리는 나를 만나고 있었다. 홀로 누워 세상을 향한 고민을 하던 철부지가 철들어 가던 모습을 회상하며 주차장에 도착했다.

14. 고기산적과 냉동실

새벽 2시, 전북 진안 덕태산과 선각산 종주를 위해 점전폭포 주소지 앞에 도착해 덕태산 2.0km, 이정표를 확인하고 오르막을 오르며 들머리(입구)를 찾아보지만 주변에 도로공사를 하고 있어 정비된 포장길과 공사차량만 보일뿐, 내가 원하는 이정표는 보이지 않았다. 다시 차로 돌아와 이리저리 왔다 갔다 하길 30분, 더는 안 되겠어 위쪽이 아닌, 아래쪽으로 가 보니 공사현장 넘어 희미하게 '대덕사'라고 쓰인 표지판이 보였다. 이리저리 쌓아 둔 큰 돌과 뒤집어 놓은 흙 사이를 건너 급경사를 약 20분 오르니 드디어 첫 번째 이정표를 만나 덕태산 숲으로 들어선다. 고3이 되었을 때 또래 학생들은 학교에 없었다. 당시 8개의 반 중에 1~7반은 취업이 목표였던 상과였고, 학교 맨 위층, 거기서 맨 끝에 있던 내가 속한 8반은 목표가 대학이었던 인문계였으니 우리 반을 빼곤 대부분 취업을 나갔다. 임도를 따라 중간중간 만나던 가로등에 문득, 교실 문을 열고 나오면 여기저기 아이들 목소리가 끊이지 않고 들리던 복도가 어느 날부턴가 조용해지고 아무도 없는 긴 복도를 바라보던 느낌과 같다. 당시 복도에서 창밖을 바라보며 듣던 노래 몇 곡이 떠오른다. 조성모의 '투 헤븐', 에메랄드캐슬의 '발걸음', 이상은의 '언젠가는', 김장훈의 '나와 같다면' 등, 이렇듯 내가 듣던 노래는 록에서 점점 만남과 헤어짐이라는 주제에 감성 발라드로 변하기 시작하며 학창 시절이 끝나 가는 것에 아쉬움을 느끼기 시작했다.

숲으로 이어진 계단을 오르는데 가을이 끝나 가는지 쌓인 낙엽에 디딜 곳도, 길도 잘 보이지 않아 계속해서 랜턴으로 위아래, 좌우를 확인해야 했다. 이어지는 급경사와 로프를 잡고 오르는 암릉에 앉아 고개를 들어 보니 수두룩한 별들 사이로 별똥별 하나가 떨어져 눈을 감고 가족과 지인, 직원들에 건강과 행복을 빌었다. 삼겹살 동파육이라고 쓰인 쓰레기를 줍는데 어린 시절 지내던 할아버지 할머니 제사가 떠올랐다. 내게 제사는 1년 중 가장 중요하고 기쁜 행사였다. 자정이 다 되어 갈 즈음, 초에 불이 켜지면 기다리던 제사가 시작되었는데 할아버지 할머니를 위해 기도드렸다기보다 차려진 음식을 먹기 위해 제사가 빨리 끝나길 기도했다. 제사가 끝나면 음식 일부를 잘라 대문 앞에 객귀(조상님 친구들) 밥을 두었는데, 쉽게 말해 귀신이 먹도록 하는 거다. 다른 것을 자를 땐 다 괜찮아도 유독 한

가지 음식은 잘린 만큼 가슴이 아팠는데 바로 소고기 산적이다. 산적 먹을 생각에 제사와 차례를 기다리던 나였으니 그 조금 떼어 버리듯? 밖에 내어 놓는 게 얼마나 싫던지. 한입 먹으면 쫄깃하고 흰쌀밥에 짭짤한 맛이 얽혀 기막히게 맛있던 산적, 어머니가 가위로 반을 자른 뒤 잘게 잘라 '먹어도 돼.'라는 말이 나오면 쉴 새 없이 먹던. 아직도 나는 1년에 한두 번, 제사와 명절에 차례를 지내고 먹던 산적이 비싼 맛집에서 먹는 갈비와 소고기보다 더 맛있게 기억되고 지금도 코와 입에 그대로 그 맛과 향이 남아 있다. 촛불까지 모든 불이 꺼지고 제사 막바지에 엎드려 있다가 곧 먹게 될 산적 생각에 설렘에 기다리는 소리는 아버지의 기침이다. '흠흠!' 두 번을 하시면 불이 켜지고 제사가 끝났으니까. 아! 그러고 보니 한 가지 음식이 더 있었구나! 동그랑땡, 말해 뭐 하겠나. 1순위가 산적이면 그건 금세 사라지고 어느새 동그랑땡으로 젓가락이 모이기 시작했다. 명절 음식 best5를 나열해 보자면 2위가 고기 동그랑땡, 3위가 동태전, 4위가 뭇국에 빠진 고기, 5위가 생선으로 기억된다. 어쨌든 늘 밥상에서 김과 나물만 보던 것과 달리 고기와 전 냄새가 가득해 즐겁던 명절과 제삿날이 추억되는 시간에 걷는데 마지막 50m는 급경사에 양쪽으론 낭떠러지를 지나야 해 추억을 보내고 산행에 집중해서 정상에 도착했다. 어둑함에 반짝이는 별과 희미하게 보이는 능선의 아름다움에 쉼도 잠시, 다음 목적지인 시루봉으로 향하는데 내 키보다 더 크고 무성하게 자란 조릿대가 길을 지워 버렸다. 앞이 보이지 않는 수풀로 들어가 양손으로 헤치며 약 30여 분을 걸어야 했는데, 며칠 전 비가 와서인지 옷도 금세 젖어 버려 일주일 전에 걸렸던 감기로 아직 컨디션이 좋지 못해 걱정이 앞섰다. 홍두깨(분기점)까지 우거진 조릿대 숲이 이어지더니 이내 정상적인 등산로가 밟히고 시루봉에 도착했다. 밝을 때 오면 조망이 좋고 풍광이 멋질 것 같은 시원함이다. 다시 로프를 잡고 삿갓봉을 향한다. 내려온 것보다 훨씬 더 많이 오름에 지쳐 갈 즈음 배터리가 다 된 랜턴이 꺼지고, 마침 벤치가 있어 잠시 앉아 숨을 고르며 산행 시작 전에 찍었던 등산로를 다시 확인하는데 아뿔싸! 오늘 종주는 두 개의 산과 3개의 봉우리를 지나 원점으로 회귀하는 것인데 덕태산보다 시루봉, 삿갓봉의 높이가 더 높았으니 힘든 게 당연했지 뭔가. 지금까지 산의 이름을 가진 것과 달리 봉우리 이름으로 표기된 곳은 상대적으로 낮다고 생각하던 기준이 깨지면서 무언가에 맞은 듯 충격을 받았다. 이후 진행된 산행은 힘이 들 것임을 이해하고 나서인지는 몰라도 삿갓봉에 오르는 시간이 시루봉에 오르는 시간보다 상대적으로 덜 힘들게 느껴졌다. 아마도 처음부터 두 개의 산에 집중하는 것이 아니라 각각의 봉우리도 확인했다면 체력 소모가 더 적지 않았을까라는 생각에, 무엇을 시작할 때 최종 목적지도 중요하지만 과정이 더욱 중요함을 각성하며 선각산 정상에 도착했다. 정상에서 붉고 노랗게 올라오는 여명과 멀리 보이는 마이산에 암마이봉과 숫마이봉의 귀여움을 뒤로하고 마지막 봉우리인 투구봉으로 향했다.

하산 길, 경사가 심한 로프 구간과 미끄러운 낙엽으로 속도를 줄여 걷는데 몇 번 미끄러지고 넘어질 뻔하면서 미끄럼틀이 생각났다. 어린 시절 동네에 빌라 수준이지만 이름은 아파트라고 쓰인 작은 건물 뒤에 놀이터가 있었는데 미끄럼틀 하나, 그네 두 개가 있었다. 내가 태어나 처음으로 사귄 친구는, 나의 그네를 밀어 주고 미끄럼틀에서 내려오면 웃으며 안아 주시던 어머니다. 오래 기억되지 못하던 첫 친구는 내가 또래 아이들과 어울리던 시간에 자연스레 지워졌음에도 어머니는 언제나 등 뒤에 계셨음을 이제야 비로소 깨닫는다. 첫 친구이자 영원한 친구인 어머니가 그리워지는 시간으로 걸었다.

숲길이 끝나고 마주한 임도를 넘어 투구봉을 오르는데 강렬한 햇빛에 시원하게 부는 바람이 너무도 상쾌했다. 시원한 느낌에 한여름 냉동실에서 꺼내 먹던 얼음이 떠오른다. 에어컨

이 없던 시절 무더운 여름을 나기 위해 냉동실을 열어 얼음 틀 하나를 꺼내 입에 두 개를 넣고 하~하~ 불어 가며 이와 혀로 돌려 먹다가 남은 얼음을 비닐봉지에 몽땅 털어 넣고 가슴과 배, 등에 넣고 비비면 세상 시원했다. 어머니는 이 상한다고 깨 먹지 말라셨는데 그게 그렇게 되나, 입에서 오물오물 왔다 갔다 하다 이빨에 닿아 아사삭 깨지면 그때부턴 씹어야 제맛 아니던가. 어떤 날은 냉동실을 열면 형이 얼음을 다 쓰고 물을 채운 지 얼마 되지 않아 손가락으로 누르면 깨지는 살얼음에 빨리 얼기를 바라는 마음으로 몇 분이 채 지나지 않아 냉동실 문을 여닫기를 반복했다. 어머니께서 자꾸 냉동실 열지 말라고, 너 때문에 전기세 많이 나온다고 하시던 말이 귀에 맴돈다. 아이스크림 대용으로, 에어컨 대용으로도 맛있고 시원하게 더위를 날려주던 얼음에 추억으로 마지막 봉우리를 지나 14km 종주를 마치고 주차장에 도착했다.

다음 날 새벽 1시 30분, 구룡산, 대모산을 오르기 위해 구룡산 주차장에 도착했다. 자갈 길 옆으로 조르르 흐르는 개울물 소리가 예쁘게 들려온다. 어두워질 즈음 비추던 몇 개의 가로등을 지나 주민을 위해 만들어진 정자와 운동기구 옆 계단으로 본격적인 산행이 시작된다. 중학교 때 동네에 유치원이 생겼는데 저녁이면 친구들의 아지트로 변했다. 몇 명, 많게는 10명 넘게 뭐가 그렇게 재밌어 모였는지, 하나 기억나는 건 뺑뺑이다. 무거운 철로 만들어진 기구를 뱅글뱅글 돌려 거기에 올라 뺑뺑 돌다 내려오면 어지러움에 모래 바닥에 쓰러져 하늘을 보거나 눈을 감고 친구들과 키득키득거리며 놀았다. 가위바위보로 한 명을 뽑아 기구에 태우고 여러 명이 신나게 돌리다 멈추면 비틀대며 쓰러지던 친구를 보며 다들 웃으며 놀리기 바빴다. 유치원 놀이터에 모여 놀던 시간을 회상하며 걷는다.

철조망을 옆에 두고 편안한 능선 길과 오르막을 지나 구룡산 정상에 도착했다. 탁 트인 조망에 화려한 강남의 야경을 뒤로하고 올랐던 길을 내려와 삼각점을 지나 대모산 정상에 도착했다. 하산 길, 나이가 지긋하신 어르신께서 먼저 인사해 주셨다. '일찍 다녀오시네요.' '네, 안전하게 잘 다녀오세요.'라는 인사를 주고받으며 지나쳤다. 나도 언젠간 저분과 같이 나이가 들어 지금을 추억할 시간이 오겠지, 생각하며 시간은 어떻게든 흐르니 소중하게 써야겠다고 다짐해 본다. 옆으로 보이는 개울에 가로등이 비쳐 반짝이는 물을 보니 어린 시절 물놀이하던 때가 생각났다. 그땐 도랑이란 도랑은 전부 돌아다녔다. 족대로 물고기와 우렁이를 잡기도, 수영을 치기도 했던, 아이들에게 놀이터가 되어 주던 도랑이 지금은 보기도, 물에 수량도 적어진 느낌이라 아쉽기만 하다. 주차장에 다다를 즈음 도심, 그것도 강남 한복판에 플라스틱과 나무판자를 이어 만든 집 앞에 쌓인 연탄 뒤로 휘황찬란한 건물이 반짝이고 있으니, 불과 몇 미터를 두고 이렇게 다른 삶을 살아야 하는 세상이 아쉽고 애석하다. 화장실 안내판에 쓰인 '강남구' 대한민국에서 부자들이 가장 많이 산다는 이곳에서 마주하는 판자촌이라니. 모두가 행복한 세상을 꿈꾸며 올겨울 추위가 덜해 이곳에 사시는 분들이 평소보다 따뜻한 겨울을 보내기를 기원하며 주차장에 도착했다.

매주 일요일 새벽 6시면 어머니 간병을 위해 본가에 도착해서 요양사님과 교대해야 하는데 이게 무슨 일인가, 오산을 넘어 평택 IC를 나가기 전, 안성휴게소에서 기름을 넣으려고 했는데 15km 남았다고 표시되었던 게이지는 차를 고속도로 위에 그대로 세워 버렸다. 즉시 보험사와 경찰에 신고, 접수하고 기다리는데 분기점 중간에 있어서인지 보험사 담당자 전화만 3명에게 받고 나서야 출동 전화를 받을 수 있었다. 11월 중순이라 쌀쌀하기도, 감기 기운도 있었지만, 위험을 직시하고 비상 깜빡이를 켜고 차에서 내려 트렁크를 열어 약 1시간 동안 가드레일 밖에서 구조를 기다렸다. 곧 첫 번째 차량(고속도로순찰대)

이 윙윙~ 울리는 사이렌과 반짝이는 빛을 사방으로 뿜으며 다가왔다. 내게 차량을 세워 둔 이유를 물으시곤 '선생님 큰일 날 뻔하셨습니다. 그렇게 생각하시면 안 돼요.'라고 말씀하셨고 약 5분 뒤 견인차가 도착해 고속도로에서는 긴급 주유를 할 수 없게 돼있어 휴게소까지 견인해서 주유하기로 했다. 조금 더 빨리 도착하고 싶은 마음과, 가능할 것 같다는 미확정적인 믿음이 주는 위험을 배우고 불완전한 미래를 믿는 일은 위험하니 언제나 현실에 최선을 다해야겠다는 깨달음으로 지금까지 꺼내 왔던 나의 유년 시절과 학창 시절에 추억이 살아 숨 쉬는 곳, 어머니가 계신 고향 집에 도착해 그 시절을 떠올리며 향수에 젖어들었다.

아, 그리고 졸업식을 기다리던 나의 마지막 방학엔 많은 눈이 왔다. 내렸던 눈이 녹으면서 사회로 나가는 긴장되는 첫 봄이 오고 있었지만, 졸업식 날 격하게 받은 축하로 교복에 투척되었던 계란과 밀가루로 온통 하얗게 돼 버린 교복은 아직 잊히지 않는 학창 시절 마지막 겨울눈이 되어 녹지 않고 그대로 남아 있다.

에필로그

경상북도 구미에 있는 금오산을 시작으로 서울 강남의 대모산까지 43개의 산과 그 산을 잇는 수많은 봉우리를 넘어왔습니다. 단순히 좋은 추억이 꺼내진 것을 넘어 현재의 내 모습이 어린 시절에 만들어졌음을 깨달았습니다. 어린 시절 보고, 듣고, 만지는 모든 것이 학원과 같음을 이제야 알게 되었습니다. 그래서 우리 아이들과 다음 세대 아이들이 모니터와 핸드폰을 떠나 반드시 자연에서 뛰어 노는 시간이 필요하다고 말하고 싶습니다. 더 넓은 생각과 유연함을 온몸으로 체감하는 시간은 아이의 숨겨진 재능에 대한 잠재의식을 깨워 줄 것입니다.

그래서 저는 돈보다 중요한 것이 있다 믿고, 다음 세대 아이들이 더 행복하고 즐거운 삶을 누릴 수 있도록 국립공원 기부도, 산 청소도 계속 이어가고 있습니다. 2024년 2월, 개인으로는 최초로 국립공원에 기부하였고, 2025년 2월에 2차 기부를 하였습니다. 100회를 넘었던 산 청소는 이 글을 쓰고 있는 시점에 250회를 넘어 300회를 향하고 있습니다.

우리는 살면서 무엇을 하든 그 방법에 대해 끊임없이 고민하고 누군가에게 묻거나 자문하기도, 책과 강연을 통해 찾으려 하기도 합니다. 그렇게 찾던 삶의 방법과 방향에 대한 모든 답이 자연에 있음을 깨달았습니다. 여러분도 이 책을 읽고 자연에서 잃어버린 유년 시절과 학창 시절에 추억과 가족의 소중함, 지금 겪고 있고 앞으로도 마주할 고민과 문제의 해결, 삶의 방향과 방법에 대해 찾는 즐거운 여행을 시작해 보시길 진심으로 기원하겠습니다.

감사합니다.

부족은 선물이었다

초판 1쇄 발행 2025년 2월 20일

지은이 정성교
펴낸이 이기봉
편집 좋은땅 편집팀
펴낸곳 도서출판 좋은땅
주소 서울특별시 마포구 양화로12길 26 지월드빌딩 (서교동 395-7)
전화 02)374-8616~7
팩스 02)374-8614
이메일 gworldbook@naver.com
홈페이지 www.g-world.co.kr

ISBN 979-11-388-4005-7 (03810)